This book belongs to

....

....

This edition first published in 2009 by Alligator Books Ltd.
Cupcake is an imprint of Alligator Books Ltd.
Gadd House, Arcadia Avenue, London N3 2JU

Written by Katherine Sully
Illustrated by Rebecca Elliot

Printed in China 0042

Lucky Bamboo

cupcake

Little Panda lived with his mummy. They lived in a cosy thicket of tall bamboo. The bamboo was sweet and crunchy, and Little Panda ate as much as he could so that he would grow big and strong.

Next door, there was a beautiful garden that belonged to Wise Old Panda. Little Panda longed to explore the garden.

Little Panda wished he could follow the winding path that led in and out of the trees and flowers. He wanted to walk across the little stone bridge over the lily pond.

One day, Wise Old Panda looked up from his work and smiled at Little Panda. "Would you like to help, Little Panda?" he asked.

"Yes, please!" said Little Panda.
At last Little Panda was allowed
into the garden.

Little Panda came to the garden every day.
He watched the fish darting about in the lily pond.

He sprinkled
water on the
flowers.

Wise Old Panda showed Little
Panda how to pull up the weeds.
And he let Little Panda
rake the path.

In a quiet corner of the garden grew a very curious plant. The tall stems twined around each other to make a pattern.

"What's that curly plant called?" asked Little Panda.

"It's my lucky bamboo," Wise Old Panda replied.

"It looks very sweet and crunchy," said Little Panda, longingly.

"It wouldn't be very lucky if you ate it," laughed Wise Old Panda.

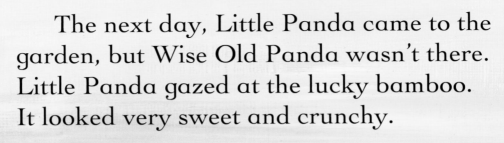

The next day, Little Panda came to the
garden, but Wise Old Panda wasn't there.
Little Panda gazed at the lucky bamboo.
It looked very sweet and crunchy.

Little Panda reached up and
nibbled the juicy green leaves.
"Pah!" Little Panda shivered.
It tasted bitter and disgusting!

The following day, and the day after, the garden was quiet and empty. The lucky bamboo leaves began to droop and turn yellow.

When Little Panda went home, his mummy was talking to her friend.

"Wise Old Panda is ill," said the friend.

Little Panda chewed on his bamboo but, somehow, he didn't feel like eating any more.

That night, Little Panda couldn't sleep. He was worried about Wise Old Panda. If only he hadn't eaten the lucky bamboo, then Wise Old Panda wouldn't be ill. It was all his fault for being greedy.

In the morning,
Little Panda went to find
the lucky bamboo.
He sprinkled the leaves.
He polished the stems.
He tidied the pebbles.

Every day, he looked after the
lucky bamboo and talked to it.

Sometimes he sang
a little song.

Or did a little dance.

Or brought a present.

Before long, the lucky bamboo stems grew tall and strong, and the leaves grew green and juicy again.

But the rest of the garden was a
mess! Little Panda watered the flowers,
pulled up the weeds and raked the path.

Then one day, Wise Old Panda came back.

"You're better!" cried Little Panda happily.

"I am," smiled Wise Old Panda. "And I'm very glad to be back in my garden."

"I ate the lucky bamboo," said Little Panda in a quiet voice. "That's why you were ill."

"The lucky bamboo didn't make me ill," smiled
Wise Old Panda. "Anyway, what did it taste like?"
"Disgusting!" said Little Panda, pulling a face.
Wise Old Panda laughed.

"I thought my garden would be full of weeds," he said. "But I think that bamboo must be lucky after all!"

Little Panda gazed around happily at the garden that he had looked after so well.

atelier FLE

Grammaire du français

NIVEAUX B1 / B2
du Cadre européen
commun de référence

Comprendre

Réfléchir

Communiquer

Évelyne Bérard

**Accompanying
CD/CDs in the pocket
at the front/back of the
book**

Maquette et mise en pages : Nicole PELLIEUX
Illustrations : Caroline HÉLAIN

Crédits : **p. 51** : Henri Cartier-Bresson / Magnum Photos – **p. 152** : *Si t'es mon pote*, paroles et musique de Renaud Séchan
© 1985 Warner Chappell Music France

Nous avons recherché en vain les auteurs ou les ayants droit de certains textes reproduits dans ce livre. Leurs droits sont
réservés aux Éditions Didier.

© Les Éditions Didier, Paris 2006   ISBN 978-2-278-06115-0   Imprimé en France

Sommaire

Avant-propos

Cet ouvrage s'adresse à des apprenants de niveau intermédiaire en français. Il propose un travail sur les points de grammaire liés aux niveaux B1 et B2 du *Cadre européen commun de référence*.

L'approche retenue permet d'aborder les outils grammaticaux par rapport à leur fonctionnement mais également par rapport au sens et au discours.

L'ouvrage est divisé en chapitres qui traitent les différents objectifs. À l'intérieur de chaque chapitre, vous trouverez deux ou trois fiches de travail.

La démarche adoptée pour chaque fiche est la suivante:

– Une première phase «Lisez et observez» permet d'amener l'apprenant à réfléchir sur la langue à partir d'un corpus et à travailler sur le sens des énoncés. À partir de cette observation, les questions de la rubrique «Découvrez le fonctionnement de la langue» vont le guider pour travailler sur le sens. Il s'agit de faire appel à son intuition sur la langue et à ses connaissances préalables dans sa langue maternelle ou dans d'autres langues.

– Une deuxième phase de pratique de la langue, «Exercez-vous», à partir d'exercices, conduit l'apprenant à manipuler les différents outils grammaticaux.

– La dernière phase «À retenir», explicite le fonctionnement à partir de règles formulées de façon simple et claire et à partir d'exemples. Cette partie du travail permet à l'apprenant de s'approprier les règles de fonctionnement, de les reformuler si c'est nécessaire et éventuellement d'opérer dans la classe une comparaison avec sa langue maternelle.

Les contenus traités à ce niveau prennent en compte les éléments grammaticaux au sens large, en effet, le travail porte sur des éléments de syntaxe (pronoms, par exemple), sur des notions (espace, temps) abordées en fonction du sens, sur des éléments qui structurent le discours (reprises, connecteurs logiques).

Un chapitre est consacré aux particularités de l'oral, afin de sensibiliser l'apprenant à la variation. Un cd audio permet de faire des exercices à partir de documents sonores.

Cet ouvrage est donc conçu comme un outil de réflexion grammaticale mais aussi comme un appui au développement de la compétence de communication.

Évelyne BÉRARD

Chapitre 1
Formation des mots

👁 Lisez et observez

1. Votre écriture est illisible, je n'arrive pas à vous lire.
2. Cet homme est incompétent, il ne peut pas continuer à travailler dans ce service.
3. J'ai revu la maison de mon enfance il y a peu de temps. Le lieu est méconnaissable, tout a changé.
4. Il faut entièrement revoir ce projet, tout est à refaire.
5. Quand il y a eu l'incendie, Maria a eu une réaction incompréhensible, vraiment irrationnelle.
6. Ces hommes vivent dans l'illégalité, ils n'ont pas de papiers. Ils sont très malheureux.
7. Vous venez d'effacer l'enregistrement. En cinq minutes, vous avez défait ce que nous avions construit en une semaine.
8. Cet exercice est impossible à faire.

◎ Découvrez le fonctionnement de la langue

1. **Retrouvez le contraire de** *lisible – compétent – reconnaissable – compréhensible – rationnelle – légalité – heureux – faire – possible.*

....
....
....
....

2. **Devant quels adjectifs ajoute-t-on** *il-, ir-, in- / im-, me-, mal-* **?**

....
....
....
....

3. **Dans la phrase 4,** *revoir* **et** *refaire* **signifient « faire à nouveau » ?**

Oui ☐   Non ☐

4. **a. Dans la phrase 7,** *défaire* **veut dire « détruire » ?**

Oui ☐   Non ☐

b. C'est le contraire de « faire » ?

Oui ☐   Non ☐

✏ Exercez-vous

1. Trouvez le contraire de chaque mot.

a. Irrespectueux → ....

b. Moral → ....

c. Méconnu → ....

d. Faisable → ....

e. Immature → ....

f. Malhabile → ....

g. Possible → ....

h. Inacceptable → ....

i. Illisible → ....

j. Acceptable → ....

k. Juste → ....

2. Donnez le contraire des mots entre parenthèses ou ajoutez un préfixe.

1. Un homme a été condamné pour avoir volé de la nourriture. Je trouve que c'est (juste) .... presque (moral) .... C'est (possible) .... à expliquer mais pour moi, c'est (utile) .... de condamner quelqu'un pour cela.

2. Clara (fait) .... toujours le même rêve, elle (voit) .... la maison de son enfance, elle parcourt le jardin, elle a un moment d'(attention) .... et elle tombe.

3. Lorsqu'il est dans certaines situations, Jacques a une peur (rationnelle) .... , l' (connu) .... le trouble profondément.

3. Complétez avec les mots suivants : *repartir – retrouver – refaire – remonter*.

1. Il faut .... le coupable.

2. Le documentaliste doit .... dans mon bureau tous les dossiers sur Jean Bart.

3. Je rentre d'Asie, j'aime voyager, je voudrais .... au Vietnam.

4. Il faut .... cet appartement, il est vraiment en mauvais état.

5. Vous devez .... l'adresse de ce médecin, c'est important.

4. Complétez avec : *déshabiller – décousu – démonter – défait – déverrouiller*.

1. Allez les enfants, il faut vous .... , enlevez vos manteaux.

2. Vous devez .... le clavier du téléphone avant de vous en servir.

3. L'ourlet de votre jupe est ....

4. Je me suis trompé en montant ce meuble, je dois le .... ; la notice n'est pas claire.

5. Ton lit est .... , tu dois le refaire.

À RETENIR

▶ Pour indiquer le contraire de certains adjectifs, on ajoute le préfixe :

– *il-*   ex. : légal → illégal / lisible → illisible / logique → illogique ;

– *in-*   ex. : compétent → incompétent / acceptable → inacceptable / connu → inconnu –
attendu → inattendu / efficace → inefficace ;

– *im-* (devant m, b, p)   ex. : possible → impossible / personnel → impersonnel ;

– *ir-*   ex. : rationnel → irrationnel / réaliste → irréaliste / réel → irréel /
réalisable → irréalisable ;

– *me-* ou *mal-*   ex. : heureux → malheureux / connu → méconnu / habile → malhabile.

▶ Pour les verbes, le préfixe *re-*, *ré-* ou *r-* (devant une voyelle) indique généralement
la répétition.
     Ex. : refaire – repartir – redonner – rappeler.
Le préfixe *dé-* ou *des-* indique le contraire d'une action.
     Ex. : désunir – défaire – décharger – déshabiller.

NOTES

....
....
....
....
....
....
....

👁 Lisez et observez

1. La création d'un nouveau parti, issu du parti socialiste pourrait bouleverser le paysage politique français. La division de ce parti en deux tendances très marquées date des dernières élections. Ce changement dans l'équilibre des forces politiques de gauche aurait sans doute une influence sur les prochains événements politiques. Le nouveau PS, s'il est créé, va-t-il effectuer un virage à gauche dans un rapprochement avec l'extrême gauche ? Cette division provoquera-t-elle un éclatement des forces de gauche ? Les commentateurs envisagent plusieurs scénarios.

2. J'ai voyagé dans le monde entier : j'ai rencontré des Japonais très gais, des Chinois très droits, des Laotiens très bien, des Égyptiens, des Chiliens et des Uruguayens, des Sud-africains avec de longues mains et des Américains, des Italiens, des Mexicains et des Indiens...

3. Ce chanteur a une forte présence sur scène, il est accompagné d'un pianiste et d'un saxophoniste, ses chansons sont plutôt amusantes mais très intéressantes. Il chante l'espérance et la liberté et se bat contre la bêtise. Il est en tournée dans toute la France.

4. Jeanne se lève calmement, elle parle doucement à Jean qui la regarde sévèrement. Elle lui caresse le bras tendrement. Enfin, il sourit.

◎ Découvrez le fonctionnement de la langue

Texte 1
a. Associez chaque verbe de la liste à un mot du texte.

créer → ....
rapprocher → ....
diviser → ....
élire → ....
éclater → ....

changer → ....
virer → ....
commenter → ....
influencer → ....

b. Combien de terminaisons différentes avez-vous trouvées ?

....
....
....
....

Texte 2
Retrouvez les nationalités qui correspondent aux pays.

France → ....
Portugal → ....
Liban → ....
Mauritanie → ....
Colombie → ....

Syrie → ....
Égypte → ....
Algérie → ....
Vietnam → ....
Maroc → ....

Texte 3

Trouvez un mot de la même famille que chacun des mots suivants.

Chanteur → ....

Présence → ....

Pianiste → ....

Saxophoniste → ....

Amusant → ....

Intéressant → ....

Espérance → ....

Liberté → ....

Bêtise → ....

Tournée → ....

Texte 4

Associez un adjectif à un mot du texte.

Tendre → ....

Calme → ....

Doux → ....

Sévère → ....

✎ Exercez-vous

1. Complétez les phrases en créant un mot à partir du mot proposé.

EXEMPLE : *Propriété* → *Le propriétaire a fait des commentaires désagréables.*

1. Virer → Le passage de la voiture dans ces deux .... a été très difficile.

2. Faible → La paresse est une .... pour beaucoup de gens.

3. Boulanger → Yves a ouvert une .... -pâtisserie.

4. Installer → Ces .... ne sont pas en bon état ; leur construction remonte à plusieurs années.

5. Fermer → Ouverture du magasin : 9 heures. .... : 19 heures

6. Influencer → L'... des marées est très forte dans cette région.

7. Espérer → L'... de vie a beaucoup augmenté.

8. Venger → Ma .... sera terrible.

9. Grand → Cet enfant refuse de ....

2. Trouvez les adjectifs qui correspondent aux différentes nationalités.

1. Je suis allé au Canada, j'ai des amis ....

2. Vous aimez la Grèce ? Moi, j'aime les îles ....

3. La meilleure vodka c'est la .... , qui vient de Pologne

4. J'aime beaucoup la cuisine .... , à côté de chez moi, il y a un restaurant qui s'appelle « Le soleil de Chine ».

5. Cet été, je suis allé en Irlande, j'adore la musique ....

6. Les États-Unis produisent beaucoup de films, partout, on regarde des films

   . . . .

7. J'ai lu le roman d'un exilé . . . . Il a quitté le Chili il y a très longtemps.

8. J'ai des amis . . . . , ils habitent à Barcelone.

3. Complétez par un nom formé à partir du verbe qui précède.

EXEMPLE : *Vous voyez le monde d'une façon étrange.* → *Votre vision est très partielle.*

1. Marie crée des vêtements vendus dans le monde entier. Ses . . . . sont vendues dans plusieurs boutiques de luxe.

2. Il y a eu un accident, une voiture a explosé, on a entendu l'. . . . . à 20 kilomètres à la ronde.

3. Le maire veut construire un monument au centre-ville, la . . . . de cet édifice sera longue.

4. Ce bar a été fermé, sa . . . . remonte à un an.

5. Le temps change très vite. Ces . . . . de température sont difficiles à supporter.

4. Trouvez tous les mots que l'on peut créer à partir des mots suivants.

EXEMPLE : *Vérité* → *véritablement, véritable*

Peur → . . . .

. . . .

Rouge → . . . .

. . . .

Heureux → . . . .

. . . .

Aisé → . . . .

. . . .

Fatigue → . . . .

. . . .

5. Complétez le texte avec les adverbes suivants : *vraiment – doucement – lentement – absolument – facilement – violemment.*

1. Marie parle tellement . . . . qu'il est difficile de l'entendre.

2. J'ai trouvé du travail . . . . , je n'ai pas cherché longtemps.

3. En ville il faut conduire . . . . , il ne faut pas dépasser 50 km/heure.

4. Il a . . . . traversé la Manche à la nage.

5. Il est . . . . interdit de fumer dans ce restaurant.

6. L'homme est tombé et sa tête a . . . . heurté le trottoir.

▮▮▯▮ À RETENIR

▶ Il est possible de créer des noms à partir d'adjectifs :

– en ajoutant *-té*. Ex. : dense → densité / libre → liberté / rare → rareté

– en ajoutant *-ure*. Ex. : ouvert → ouverture

– en ajoutant *-esse*. Ex. : faible → faiblesse

– en ajoutant *-ise*. Ex. : bête → bêtise

▶ Il est possible de créer des noms à partir de noms en ajoutant *-aire*.

Ex. : propriété → propriétaire / document → documentaire / argument → argumentaire

▶ Il est possible de créer des noms à partir de verbes :

– en ajoutant *-ation, -uction, -sion*.
Ex. : créer → création / installer → installation / planter → plantation /
construire → construction / déduire → déduction / voir → vision

– en ajoutant *-age*. Ex. : passer → passage / virer → virage

– en ajoutant *-ment*. Ex. : enlever → enlèvement

▶ Il est possible de créer des adjectifs à partir de verbes en ajoutant *-able*.

Ex. : réaliser → réalisable.

– en ajoutant *-ant*. Ex. : amuser → amusant / intéresser → intéressant.

▶ Il est possible de créer des verbes à partir d'adjectifs en ajoutant *-ir*.

Ex. : rouge → rougir / grand → grandir

▶ On crée tous les adjectifs de nationalités à partir des noms de pays en ajoutant :

– *-ais* Ex. : Portugal → portugais

– *-ain* Ex. : Mexique → mexicain

– *-ien* Ex. : Italie → italien

▶ On crée les adverbes à partir des adjectifs en ajoutant *-ment* à l'adjectif au féminin.

ex. : douce → doucement / sérieuse → sérieusement / calme → calmement /
courageuse → courageusement / heureuse → heureusement / difficile → difficilement

▮▮▯▮ NOTES

. . . .

. . . .

. . . .

. . . .

. . . .

Chapitre 2
Parler d'un fait

Décrire et présenter

👁️ Lisez et observez

1. Le Canada est un pays aux multiples facettes. C'est une nation commerçante à la technologie avancée – l'un des marchés les plus riches du monde. C'est aussi un pays multiculturel qui encourage l'immigration et une excellente destination pour les vacances. Grâce à l'immigration, il existe plusieurs communautés. Cette multiculturalité représente une vraie richesse. Le Canada possède de vastes ressources naturelles, une main-d'œuvre qualifiée et éduquée, des arts et une culture diversifiés.

2. Une grande soirée aura lieu samedi 15 juin à la salle des fêtes de Roulans à l'occasion de la fête de la Saint-Jean. La salle des fêtes se trouve en face de la mairie. Il reste des places pour cette soirée de divertissement.

3. La réunion du conseil des jeunes se tiendra le mercredi 10 avril à 19 heures à la mairie.

4. Cette plante appartient à la catégorie des plantes médicinales. Elle se compose d'une tige avec des feuilles allongées et de fleurs violettes, elle ressemble un peu à la verveine. C'est la sauge. On utilise les feuilles en tisane ou comme condiment.

5. Ce mouvement de peinture est né dans les années 1920, il est composé de plusieurs groupes différents.

6. Le congrès du parti « Utopie et réalité » se déroule ce week-end à Toulouse.

◎ Découvrez le fonctionnement de la langue

Trouvez dans les textes un mot ou une expression qui veut dire la même chose que :

a. Il y a encore des places. → ....

b. L'assemblée générale se tiendra le 8 août. → ....

c. Cet appareil comprend deux parties. → ....

d. Dans cette région, il y a différentes ethnies. → ....

e. Julien a beaucoup de qualités. → ....

f. Cette richesse est un avantage pour le pays. → ....

g. Ce mouvement est apparu. → ....

✏️ Exercez-vous

1. **Remplacez les expressions en gras par une des expressions suivantes :** *se tient – il y a encore – a – ne sont pas là – il y a – a – se compose de.*
   Vous pouvez éventuellement transformer la phrase.

1. **Il existe** plusieurs communautés dans ce pays.

....

2. L'Assemblée générale **a lieu** en salle des Congrès.

....

3. **Il reste** quelques places pour le concert de Bernard Lavilliers.

....

4. Ce système **est composé de** quatre éléments.

....

5. Cet appareil **présente** un défaut. ....

6. **Il manque** deux passagers. ....

7. Ce système **comporte** des avantages.

....

2. Trouvez une phrase qui exprime l'équivalent.

1. Il existe beaucoup de modèles. ....

2. Il ne reste plus de places. ....

3. Julie ressemble à sa sœur. ....

4. Cette voiture a plusieurs caractéristiques.

....

5. Cet homme possède de grandes qualités.

....

3. Trouvez une phrase qui exprime le contraire.

1. Il n'y a pas de solution. ....

2. Il manque cent euros. ....

3. Il y a encore de l'argent. ....

4. Ce système comporte des inconvénients.

....

4. Comment le dire autrement ? Trouvez pour chaque phrase une autre formulation.

1. Les dinosaures ont disparu il y a des millions d'années.

....

2. La peste n'existe plus depuis plus de cent ans.

....

3. Il existe plusieurs modèles pour cette voiture.

....

4. Il y a beaucoup de solutions à ce problème.

....

5. Les états généraux de la langue française auront lieu le mois prochain à Paris.

. . . .

6. Cette plante est comme le thym. . . . .

5. Complétez avec : *il manque – est née – aura lieu – il reste – existe – il semble.*

1. La réunion de l'association . . . . le 20 février.

2. . . . . encore du gâteau.

3. . . . . que Paul ne pourra pas venir.

4. . . . . plusieurs livres dans ma bibliothèque, j'ai dû les prêter à Yves.

5. L'académie . . . . depuis des centaines d'années.

6. Cette mode . . . . avec le XXIᵉ siècle.

▌▌▌ À RETENIR

▶ Pour dire que quelque chose existe, on peut utiliser : *il existe – il y a – … (qq chose) existe.*

Ex. : Il existe plusieurs groupes ethniques. / Il y a différentes façons de voir. / Ce projet existe depuis longtemps.

▶ Pour dire que quelque chose commence, on peut utiliser : *est né – est apparu.*

Ex. : Ce mouvement est né dans les années 60 / Cette mode est apparue dans les années 30.

▶ Pour dire qu'il y a encore : *il reste.*   Ex. : *Il reste* des places.

▶ Pour dire qu'il ne reste plus, qu'il n'y a pas : *il manque.* Ex. : Il manque deux personnes.

▶ Pour indiquer qu'un événement se déroule, se produit : *se tenir, avoir lieu.*

Ex. : La réunion se tiendra lundi.

▶ Pour indiquer que quelque chose est dans une catégorie, un ensemble : *appartenir à, faire partie de.*

Ex. : Cette plante appartient aux plantes médicinales. / Cet extrait fait partie d'un roman à publier.

▶ Pour parler des différentes parties de quelque chose : *avoir, se composer de, être composé de, comporter, comprendre.*

Ex. : Cet appareil se compose de trois parties.

▶ Pour dire que deux choses se ressemblent : *être comme.* Ex. : Cette voiture est comme un minibus.

▌▌▌ NOTES

. . . .

. . . .

. . . .

. . . .

👁 Lisez et observez

1. Un homme aurait vu la nuit dernière une soucoupe volante. Il est possible que la chute d'une météorite l'ait aveuglé, mais il déclare qu'il est sûr d'avoir vu un objet rond se poser doucement dans un pré derrière son jardin.

2. Il est probable que le prix du pétrole augmente dans les jours qui viennent. Cette augmentation sera sans doute importante. On pense cependant qu'il est impossible que le pétrole atteigne 20 euros le litre.

3. Qui sera le lauréat du prochain *Goncourt* ? La plupart des critiques sont certains que ce sera Julie Anada. Mais une surprise est toujours possible. Alain Chourat, avec *Demain*, pourrait créer la surprise. Il est peu probable par ailleurs que Dominique Rolez ou Hector Cireto aient vraiment des chances.

4. Maria et Serge devaient passer avant midi, il est deux heures, ils auront oublié. C'est toujours ainsi avec eux, ils oublient tout.

◎ Découvrez le fonctionnement de la langue

1. Classez les phrases dans l'une des 4 catégories suivantes.

1. Un homme aurait vu une soucoupe volante.
2. Il est sûr d'avoir vu un objet rond.
3. Il est probable que le prix du pétrole augmente.
4. Il est impossible qu'il atteigne 20 euros le litre.
5. Les critiques sont certains que ce sera Julie Anada.
6. Alain Chourat pourrait créer la surprise.
7. Il est peu probable que Dominique Rolez ait des chances.
8. Ils auront oublié.

	Sûr / Certain	Pas sûr	Possible / Probable	Peu probable / Impossible
Phrase 1				
Phrase 2				
Phrase 3				
Phrase 4				
Phrase 5				
Phrase 6				
Phrase 7				
Phrase 8				

2. Dans quelles phrases utilise-t-on l'indicatif, le subjonctif et le conditionnel?

Indicatif	Subjonctif	Conditionnel
. . . .	. . . .	. . . .
. . . .	. . . .	. . . .
. . . .	. . . .	. . . .

3. Classez du plus sûr au moins sûr.

1. Il viendra sûrement.
2. Il est possible qu'il vienne.
3. Il est peu probable qu'il vienne.

4. Je suis vraiment certain qu'il viendra.
5. Il viendra peut-être.

. . . .

✎ Exercez-vous

1. Dites si la phrase exprime une certitude ou un doute.

	Certitude	Doute
1. Je suis sûr que ce jeune homme fera l'affaire pour ce poste.	☐	☐
2. Moi, j'ai des doutes, je ne crois pas qu'il puisse assumer autant de responsabilités.	☐	☐
3. Il est possible qu'il y ait plusieurs candidats pour cette élection.	☐	☐
4. Il est probable que Jacques ne viendra pas.	☐	☐
5. Je pense vraiment que nous allons gagner.	☐	☐
6. Il n'y a aucun doute, le président sera réélu.	☐	☐

2. Mettez le verbe au temps qui convient.

1. Il est possible que Kevin (revenir) . . . . très vite.
2. C'est sûr que j'(aller) . . . . aux États-Unis.
3. Il est peu probable que tu (être) . . . . retenu pour ce travail.
4. Peut-être que Marie (venir) . . . . avec nous.
5. Il est certain qu'il (falloir) . . . . agir vite.
6. Nous (partir) . . . . sans doute à Noël en Espagne.
7. Ce n'est pas possible que tu n'(avoir) . . . . rien vu.
8. Je crois que l'équipe de France (gagner) . . . .

3. Faites une phrase pour exprimer que le fait est...

EXEMPLE : peu probable → *Mes amis feraient une fête samedi.*

. . . .

1. sûr → Le temps va s'améliorer.

. . . .

2. possible → Nous aurons un peu de retard.

. . . .

3. pas certain → C'est la meilleure solution.

. . . .

4. impossible → Gérard Lelong est le candidat de la droite.

. . . .

5. probable → Nous allons trouver un hôtel pas cher.

. . . .

▮▮▮ À RETENIR

▶ Pour indiquer qu'un fait n'est pas sûr ou n'est pas vérifié, on utilise le conditionnel.

Ex. : Il y aurait eu un accident d'avion près de Lahore.

▶ L'adverbe *peut-être* indique qu'un fait est possible ou probable.

Ex. : Il viendra peut-être.

– *sans doute* indique que le fait est presque sûr.

Ex. : Il viendra sans doute.

– *certainement*, *sûrement* indiquent qu'un fait est certain.

Ex. : Il y aura sûrement ton ami Jacques dans cette soirée.

▶ On utilise l'indicatif après *il est sûr / certain…*

Ex. : Il est certain qu'il vient.

▶ On utilise le subjonctif après *il est impossible / il est possible…*

Ex. : Il est possible qu'il vienne.

▶ On peut utiliser l'indicatif ou le subjonctif selon que l'on veut marquer le degré de certitude.

Ex. : Il est probable qu'il viendra. / Il est peu probable qu'il viendra.
Ex. : Il est probable qu'il vienne. / Il est peu probable qu'il *vienne*.

Les différentes constructions *Il est possible que… / Il est probable que… / Il est certain que…* peuvent être modifiées avec un adverbe afin de renforcer leur sens.

Ex. : Il est tout à fait / vraiment possible… / Il est peu probable… / Il est tout à fait / vraiment certain…

▶ Le futur antérieur peut exprimer la probabilité.

Ex. : Jacques devait venir aujourd'hui, il n'est pas venu, il se sera (probablement) trompé de date.

▮▮▮ NOTES

. . . .

. . . .

. . . .

Chapitre 3
Quantifier

👁 Lisez et observez

1. Il y a peu de chances que vous rencontriez un jour le roi du pétrole. Aucun journaliste ne peut approcher ce milliardaire. Certains disent qu'il est asocial, d'autres qu'il est sympathique, mais très peu de gens ont pu vraiment le rencontrer. Un journaliste, Marc Douet a essayé à plusieurs reprises de l'interviewer, mais en dix ans, il n'a réussi à le voir qu'une fois quelques minutes.

2. Cette année, j'ai peu d'étudiants, plusieurs étudiants de l'année dernière n'ont pas pu continuer leurs études car la plupart travaillent et c'est difficile.

3. Nul n'est censé ignorer la loi.

4. Toute personne ayant été témoin de cet accident est priée de contacter la police.

5. Juliette est très riche, elle a deux enfants, elle leur a acheté à chacun un appartement à Paris.

6. Suite à votre demande, je vous informe que j'ai beaucoup de photos qui pourraient illustrer votre livre, j'en ai plusieurs qui vous conviendraient. Certaines d'entre elles sont très originales. Si vous le souhaitez, je peux toutes vous les envoyer par courrier rapide.

◉ Découvrez le fonctionnement de la langue

	Oui	Non
1. Est-ce que le contraire de *beaucoup de* est *peu de* ?	☐	☐
2. Est-ce que *certains* et *plusieurs* ont le même sens ?	☐	☐
3. Est-ce qu'on utilise toujours *de* après *beaucoup* + nom ?	☐	☐
4. Est-ce qu'*aucun homme* signifie *personne* ?	☐	☐
5. Est-ce qu'on peut utiliser *aucun* sans nom ?	☐	☐
6. Est-ce que *nul* a le sens de *peu de* ?	☐	☐
7. *Quelques-uns* et *certains* sont-ils à peu près équivalents ?	☐	☐
8. Dans la phrase 5 est-ce que *chacun* remplace *chaque enfant* ?	☐	☐
9. Est-ce qu'on peut utiliser *en* avec *plusieurs, beaucoup, peu, certains* ?	☐	☐
10. Est-ce que *peu de* et *plusieurs* ont le même sens ?	☐	☐

✏ Exercez-vous

1. Complétez par *certains – peu – beaucoup – plusieurs*.

1. Maria a . . . . d'enfants, cinq, je pense.

2. Jacques gagne . . . . d'argent, il est payé au SMIC (salaire minimum interprofessionnel de croissance).

3. . . . . aiment les brunes, d'autres préfèrent les blondes.

4. Marseille a . . . . de supporters dans toute la France.

5. J'ai visité . . . . appartements, mais je n'ai rien trouvé.

6. Il n'y a pas . . . . de soleil en Bretagne, il pleut souvent.

2. Choisissez une des deux possibilités.

1. La plupart des habitants de ce village parlent espagnol, mais .... parlent quechua. (certains / beaucoup)

2. Je ne connais .... personne aussi gentille que Lucie. (une / aucune)

3. Si vous voulez partir dans les Caraïbes, il y a .... possibilités. (plusieurs / certaines)

4. J'ai très .... de livres , seulement deux ou trois. (beaucoup / peu)

5. Il y a .... personnes qui connaissent bien Jean-Pierre. Il est très populaire ici. (certaines / beaucoup de)

6. Ce garçon a .... compétences, il sait faire beaucoup de choses. (plusieurs / certaines)

7. J'ai trouvé un livre rare en bon état. Il lui manque .... pages. (plusieurs / peu de)

3. Associez deux éléments de chaque colonne pour former une phrase.

1. Nous avons visité plusieurs maisons
2. Certains jours je me sens fatigué
3. La plupart de mes amis habitent à Paris
4. Peu de gens connaissent le secret d'Alice
5. Beaucoup de villes ont des systèmes de transport en commun performants

A. et d'autres, je suis en pleine forme.
B. mais aucune ne nous a plu.
C. mais très peu ont fait de bons choix en matière d'énergie.
D. seuls quelques amis savent tout.
E. et je n'en ai aucun dans ma ville.

1. ....
2. ....
3. ....
4. ....
5. ....

▌▌▌▌ À RETENIR

▶ Pour indiquer une petite quantité, on utilise *peu* ou *peu de*. Le sens des deux est très proche.
    Ex. : J'ai peu d'argent. / J'ai un peu d'argent.
Mais avec un nom au pluriel on ne peut utiliser que *peu de*.
    Ex. : J'ai peu d'amis.
Pour renforcer on peut ajouter l'adverbe *très*.
    Ex. : J'ai très peu d'amis.

fiche 1 Indéfinis

▶ Pour indiquer une grande quantité, on utilise *beaucoup de*. Il est impossible d'utiliser *très* avec *beaucoup*. *Plusieurs* est proche de *beaucoup*.

> Ex.: Il y a beaucoup de cerises dans le cerisier.
> Ex.: Il y a plusieurs variétés de cerises.

Avec une quantité non divisible, on utilise également *beaucoup de*.

> Ex.: Elle a beaucoup de chance.

▶ Pour indiquer un petit nombre, on utilise *quelques-uns*.

> Ex.: Quelques-uns de mes amis parlent couramment français.

▶ Pour indiquer un petit nombre de personnes que l'on peut identifier, on utilise *certains*:

> Ex.: Certains connaissent déjà leur résultat d'examen.

On peut utiliser *certains* et ensuite *d'autres* pour indiquer que l'on parle de deux groupes.

> Ex.: Certains parlent très bien français, d'autres très mal.

▶ *Chacun* signifie *chaque personne*.

> Ex.: Les invités étaient tous là, chacun a reçu un cadeau offert par l'entreprise.

▶ *Nul* signifie *personne*.

> Ex.: Nul ne connaissait les conditions d'inscription.

▶ *Aucun* + nom, contraire de *un*, signifie *pas un seul*.

> Ex.: Je n'ai aucun ami.

▶ On peut utiliser le pronom *EN* avec *peu, quelques-uns, certains, plusieurs, beaucoup*.

> Ex.: Des exemplaires de cette revue, j'en ai certains.
> Ex.: Parmi toutes ces fleurs, j'en aime plusieurs.

▮▮▮ NOTES

....

....

....

....

....

....

....

👁 **Lisez et observez**

1. Dans ces quartiers près de la moitié des jeunes sont au chômage, presque un jeune sur deux, c'est le chiffre le plus élevé du pays. Plus de deux familles sur trois ont des difficultés sociales. C'est une situation particulière.

2. Moins du quart de la population a des revenus suffisants, mais environ huit enfants sur dix sont scolarisés.

3. Un peu plus du tiers des Français, 35 % plus précisément, sont d'accord avec les dernières mesures prises par le gouvernement.

4. Moins de 40 % des Français sont propriétaires de leurs appartements ou maisons. Dans certaines villes, ils sont presque la moitié.

5. Autour de 15 % des familles possèdent deux voitures, il y a à peu près une voiture pour trois adultes.

6. Une trentaine de députés ont visité le nouveau musée de Lille.

7. La population de ce pays a doublé en 60 ans.

◎ **Découvrez le fonctionnement de la langue**

	Oui	Non
1. Est-ce que *environ* et *à peu près* ont le même sens ?	☐	☐
2. Est-ce que *presque* et *à peu près* ont le même sens ?	☐	☐
3. Est-ce que *presque* est l'équivalent de *un peu moins de* ?	☐	☐
4. *Moins de* est le contraire *de plus de* ?	☐	☐
5. Pour *35 %*, on peut dire *un peu plus du tiers* ?	☐	☐
6. Pour *45 %*, on peut dire *moins de la moitié* ?	☐	☐
7. Quand on utilise *une trentaine*, est-ce que c'est :		
moins de trente	☐	☐
plus de trente	☐	☐
les deux ?	☐	☐
8. *Doubler* veut dire multiplier par deux ?	☐	☐

✏ **Exercez-vous**

1. Commentez ces chiffres en utilisant les fractions.

2 529 volontaires *Médecins sans frontières* :

– personnel non médical → 42,5 %

EXEMPLE : *Presque la moitié* des volontaires de Médecins sans frontières *est constituée de personnel non médical.*

– médecins → 24,4 %

– paramédicaux → 33,1 %

....

2. Dites-le autrement en utilisant les fractions.

1. 49 % → ex. : *Un peu moins de la moitié / presque la moitié*
2. 52 % → ....
3. 30% → ....
4. 70% → ....
5. 98% → ....
6. 21% → ....
7. 25% → ....
8. 75% → ....

3. Réécrivez les phrases en exprimant les chiffres d'une façon approximative.

1. Pendant la conférence, il y avait (20) personnes dans la salle.

....

2. Cette voiture coûte (60 000) euros.

....

3. Cet acteur a joué dans (10) pièces de théâtre.

....

4. Mon professeur de maths a (40) ans.

....

5. D'ici à Marseille, il y a (100) kilomètres.

....

6. J'ai invité (50) personnes.

....

▌▌▌▌ À RETENIR

▶ Pour parler de façon approximative d'un pourcentage, on peut utiliser *autour de*, *à peu près*, *environ*.

   Ex. : Autour de la moitié… / environ les trois quarts… / à peu près le tiers…

On peut également utiliser des noms former à partir des nombres.
– une dizaine pour 10 ;
– une vingtaine pour 20 ;
– une trentaine pour 30 ;
– une quarantaine pour 40 ;
– une cinquantaine pour 50 ;

– une soixantaine **pour 60** ;
– une centaine **pour 100** ;
– un millier **pour 1 000**.
– **pas de possibilité pour 70, 80, 90.**

▶ **Pour indiquer que l'on est légèrement** en-dessous **du chiffre, on peut utiliser** *presque* **ou** *un peu moins de*.

> Ex. : 23 % → presque un quart / un peu moins d'**un quart**

▶ **Pour indiquer que l'on est** au-dessus**, on peut utiliser** *plus du* **ou** *un peu plus de*.

> Ex. : 26 % → un peu plus d'**un quart**
> 28 % → plus du **quart**

▮▮▮▮ NOTES

....
....
....
....
....
....
....

👁 **Lisez et observez**

1. – Je veux vernir le parquet de ma salle de séjour, je dois prendre combien de boîtes de vernis ?
   – Elle fait combien votre salle de séjour ?
   – 20 mètres carrés.
   – Votre pièce fait 20 mètres carrés, vous avez besoin de deux boîtes de vernis, une boîte couvre environ 12 mètres carrés.

2. – Vous pesez 82 kg pour un mètre soixante-dix, il faudrait perdre au moins 7 kg.

3. – J'ai acheté dix stères de bois pour la cheminée.
   – C'est quoi un stère ?
   – Un mètre cube.

4. – J'ai demandé un devis pour déménager, pour 30 mètres cube, cela coûtera environ 5 000 euros.

5. – Un homme roulait à 220 km/heure sur l'autoroute et la vitesse est limitée à 130 km/heure, il a été arrêté par la police.

6. – J'ai trouvé une maison géniale, il y a du terrain autour, environ 20 ares... Ça fait beaucoup ?
   – 20 000 mètres carrés, non, 2 000... un are c'est 100 mètres carrés et un hectare 1 000 mètres carrés.

7. Il fait chaud dans la maison, 21 °C, mais dehors il gèle, il fait – 5 °C.

8. D'ici à Nantes, il y a 600 kilomètres.

9. Cette usine produit des tonnes de déchets.

Dites, pour chaque phrase ou texte, s'il s'agit du poids, de la taille, de la vitesse, de la surface, du volume, de la distance ou de la température.

	poids	taille	vitesse	surface	volume	distance	température
1							
2							
3							
4							
5							
6							
7							
8							
9							

◎ Découvrez le fonctionnement de la langue

	Oui	Non
1. Est-ce que *mètre* et *kilo* expriment la distance ?	☐	☐
2. Est-ce que *mètre carré* exprime le *volume* ?	☐	☐
3. Est-ce que *mètre cube* exprime la *surface* ?	☐	☐
4. *Are* et *hectare* permettent de parler de la surface ?	☐	☐
5. Pour le poids, on utilise *kilo* ?	☐	☐
6. Une *tonne*, c'est 1 000 kilos ?	☐	
7. Est-ce qu'on exprime la température avec des degrés Farenheit, notés °C ?	☐	☐
8. Un *are* et un *hectare*, c'est la même surface ?	☐	☐
9. Pour la vitesse on utilise *kilomètre / heure* ?	☐	☐

✎ Exercez-vous

1. Complétez avec *tonnes – km/heure – mètre – ares – hectares – °C – mètres carrés – kilomètres – centimètres.*

1. Vends maison quatre pièces petit terrain trois . . . .

2. Il est très grand, il mesure 1 . . . . 85.

3. Ce camion peut transporter plus de 15 . . . .

4. Cette moto peut rouler à 250 . . . .

5. Dans cette région, la température peut descendre jusqu'à – 20 . . . .

6. Cette pièce mesure 5 . . . . sur 6.

7. Entre ces deux villes, il y a exactement 82 . . . .

8. Autour de ce château, il y a un immense parc qui fait plusieurs . . . .

9. J'ai trouvé un appartement assez grand, 150 . . . .

10. Ce meuble fait 1 . . . . 10 de hauteur et 70 . . . . de largeur.

2. Complétez ces phrases avec : *deux heures – 110 km/heure – 74 km/heure – 7 mètres.*

1. Un thon peut nager à . . . .

2. Un guépard peut courir à . . . .

3. Un kangourou peut bondir à . . . .

4. Un cachalot peut rester . . . . sous l'eau.

3. Lisez les encadrés et répondez aux questions suivantes :

L'ESCARGOT DE BOURGOGNE
Il peut tirer 200 fois son poids.
Soit, pour un poids de 45 grammes,
une charge de neuf kilos.

LE SCARABÉE RHINOCÉROS
À l'échelle, ce serait l'animal
le plus fort du monde.
Il soulèverait 850 fois son poids.

LE GORILLE
Il soulèverait
plus de deux tonnes, soit près
de dix fois son poids. C'est le
plus fort des primates.

a. Quel est l'animal qui peut soulever le poids le plus lourd ?

. . . .

b. Quelle est la particularité du scarabée rhinocéros ?

. . . .

c. Quelle bête à cornes peut tirer 200 fois son poids ?

. . . .

▮▮▮ À RETENIR

▸ Pour exprimer le poids, on utilise : *grammes*, *kilo*, *quintal* (100 kilos), *tonne* (1 000 kilos).

▸ Pour la taille, on utilise : *centimètre*, *mètre* (100 centimètres).

▸ Pour la surface on utilise : *mètre carré*, *are* (10 m × 10 m : 100 mètres carrés), *hectare* (1 000 mètres carrés).

▸ Pour le volume, on utilise *mètre cube*. *Stère* s'utilise pour le bois, c'est un mètre cube.

▸ L'unité de mesure utilisée pour la température est le *degré Celsius*, noté *°C* (ex. : 20 °C). Lorsque la température est négative, on écrit *– 20 °C*.

▸ Pour la distance, on utilise *mètres*, *kilomètres* (1 000 m).

▸ Pour la vitesse, on utilise *kilomètre / heure*.

▮▮▮ NOTES

. . . .

. . . .

. . . .

Chapitre 4

Construire différents types de phrase

👁 Lisez et observez

1. Vous avez vu Kevin pour notre projet. Vous lui en avez parlé ? Le texte de présentation, vous le lui avez remis ? Il ne le trouve pas réalisable, pourquoi ? Il le trouve trop coûteux. Bien, alors, il faut voir avec l'architecte si on peut modifier quelque chose. Appelez-le dès demain. Pour l'instant n'en parlez pas au directeur ou aux administrateurs, ne leur dites rien.
Je connais bien le maire de cette ville, j'espère le rencontrer très rapidement pour lui exposer notre projet. Je lui en ai déjà dit quelques mots la dernière fois que je l'ai vu. Il a semblé intéressé.

2. J'ai des amis à Hawaï. Eux, ils habitent au bord de la mer. Moi, j'aimerais avoir une maison comme la leur.

3. ① Prenez une daurade, videz-la mais ne l'écaillez pas. Faites-la griller dans une poêle.
   ② Prenez quatre belles tomates, coupez-les en morceaux, faites-les cuire dans une casserole avec de l'ail.
   ③ Ajoutez épices, origan, thym, poivre sur la daurade, mettez-en beaucoup si vous aimez leur goût.
   ④ Lorsque la daurade est prête, remuez les tomates et versez-les sur le poisson.

🌀 Découvrez le fonctionnement de la langue

1. Est-ce que l'on met toujours les pronoms à la même place par rapport aux verbes ? 　　　　Oui ☐　　Non ☐

2. Quand le verbe est au présent ou au passé composé, on met le (ou les) pronom(s) devant le verbe. 　　　　Vrai ☐　　Faux ☐

3. Quand le verbe est à l'impératif, est-ce que l'on met le pronom avant ou après le verbe ?
   ....

4. Quand il y a deux verbes qui se suivent est-ce que l'on met le pronom avant le premier ou entre les deux ?
   ....

5. Quand il y a deux pronoms : *lui / leur et en / le-la-les*, dans quel ordre les place-t-on ?
   ....

6. Quand on répète le pronom *eux, ils... / moi, je*, c'est pour insister. 　　　　Vrai ☐　　Faux ☐

✏ Exercez-vous

1. Complétez avec *le / la / les / l' / lui / leur* ou *en*.

1. J'ai vu hier le frère de Marie, vous .... connaissez.

2. Je ne peux pas vous vendre de carte de téléphone, je n'.......... ai plus.

3. Les livres à côté de la fenêtre, vous pourriez me .... passer ?

4. Tu peux déplacer ce bouquet de fleurs ? Mets-.......... sur la table.

5. N'oubliez pas d'avertir Georges. Téléphonez-.......... ce soir.

6. Cette fille est très drôle. Emmenez-.......... à la prochaine soirée.

7. Pierre m'a beaucoup aidé, je .... suis reconnaissant.

8. Noémie et Marc sont là. Donnez-.......... les paquets que j'ai préparés pour eux.

2. Complétez avec le pronom qui convient.

1. Ce livre est pour Alain et Sylvain, je .... ai acheté exprès pour ....

2. Annie m'a énervé, je .... ai dit ces quatre vérités.

3. Il n'y a plus d'espoir, vous .... êtes sûr ?

4. Laissez ces enfants tranquilles, laissez-.......... jouer dehors.

5. J'ai oublié de prévenir les Durand pour la fête de samedi, je .... passe un coup de téléphone tout de suite.

6. Je vous préviendrai quand votre voiture sera prête, je prends votre numéro de téléphone, donnez-.......... moi.

7. Si vous allez voir Marine, apportez-.......... son courrier.

8. Tu connais Mme Michel, appelle-.......... pour régler ce problème.

3. Trouvez un nom qui peut être remplacé par le pronom.

1. Vos .... sont australiens. Je leur ai parlé hier.

2. Marianne, c'est ma .... , je la vois deux fois par an.

3. Il y a deux .... au deuxième rang, vous les voulez ?

4. N'oubliez pas votre .... , je l'ai mis sur la table.

5. Il a gagné beaucoup d'...................... , mais il en a dépensé beaucoup aussi.

6. C'est une drôle d'...................... , je ne sais pas quoi en penser.

7. Je viens de voir .... , vous lui avez dit que vous partiez ?

8. Ce sont de très bons .... , je les ai connus à Marseille.

4. Transformez la phrase avec (lui-en), (leur-en), (la-lui), (le-lui), (les-leur).

1. J'ai donné à Marielle la lettre qu'elle attendait.

   Je ....

2. Il a déjà dit à Anna qu'il fallait travailler plus.

   Il ....

3. Vous avez parlé à mes amis de ce projet.

   Vous ....

4. Il a acheté aux enfants les jeux de cartes.

Il ....

5. Je demanderai à Mario ce qu'il faut acheter.

Je ....

6. Tu apporteras des livres à Max ?

Tu ....

5. Transformez avec un ou deux pronoms.

1. Donnez-moi ce livre.
Ex. : *Donnez-le moi.*

2. Parlez-lui de cette affaire.

....

3. Achète ces fleurs à Jeanne.

....

4. Ne leur donne pas d'argent.

....

5. N'acceptez pas ce cadeau.

....

6. Expliquez-lui cet exercice.

....

7. Prenez des fruits.

....

6. Choisissez le pronom qui convient : *moi, lui, nous, eux, elles, vous, toi.*

1. Avec .... , Loïc et Sébastien, je ne me sens jamais seul.

2. .... , je ne comprends pas l'exercice.

3. Les Leroy sont là, je vais chercher le cadeau que j'ai acheté pour ....

4. .... , vous êtes espagnole.

5. Mes filles sont très amusantes, je ne m'ennuie pas avec ....

6. Je vais te poser une question : pour .... , qu'est-ce qui est le plus important dans la vie ?

7. .... , on nous attend pour dîner.

8. Pierre est imprévisible, avec .... on ne sait jamais à quoi s'attendre.

Place des pronoms et doubles pronoms dans la phrase

▌▌▌▌ À RETENIR

▶ Rappel

– Les pronoms directs, qui remplacent un nom précédé par un article défini, possessif ou démonstratif, sans préposition **sont** *le* (pour le masculin), *la* (pour le féminin) et *l'* (devant un mot qui commence par une voyelle).

> Ex. : J'ai pris *le livre*. → Je *l'*ai pris.

– Pour remplacer un nom précédé d'un indéfini ou d'un partitif, on utilise *en*.

> Ex. J'ai offert *un livre*. → J'*en* ai offert un. Je mange du beurre. → J'*en* mange.

– Pour remplacer *à* suivi d'un nom masculin ou féminin, on utilise *lui*.

> Ex. : Je donne *à mon amie* le livre sur l'art italien. → Je *lui* donne le livre sur l'art italien.

– Pour remplacer *à* suivi d'un nom au pluriel, on utilise *leur*.

> Ex. : Je donne *à mes amis* des places pour l'opéra. → Je *leur* donne des places pour l'opéra.

– Lorsqu'il y a deux pronoms, l'ordre est le suivant :

- LE LUI / LE LEUR   Ex. : Je le lui ai demandé. / Je le leur ai demandé.
- LA LUI / LA LEUR   Ex. : Je la lui ai empruntée. / Je la leur ai empruntée.
- LES LUI / LES LEUR   Ex. : Je les lui ai donnés. / Je les leur ai apportés.
- LUI EN / LEUR EN   Ex. : Je *lui en* ai parlé. / Je leur en ai parlé.

▶ Place du pronom

- Les pronoms se placent en général avant le verbe **pour la plupart des** temps simples, devant l'auxiliaire pour les temps composés.

- Quand il y a deux verbes, **ils se placent** entre les deux.

> Ex. : Je vais les lui donner.
>
> Ex. : Je peux leur en apporter.

- Ils se placent après le verbe **quand il est conjugué** à l'impératif **à la** forme affirmative.

> Ex. : Donnez-le moi.
>
> Ex. : Donnez m'en.
>
> Ex. Prêtez-les lui.

Mais à la forme négative, **les pronoms se placent** avant le verbe à l'impératif.

> Ex. : Ne me le donnez pas.
>
> Ex. : Ne m'en donnez pas.
>
> Ex. : Ne les lui prêtez pas.

En début de phrase, pour insister **ou** après une préposition, **les pronoms utilisés sont :** *moi, toi, il / elle, nous, vous, eux / elles*.

> Ex. : Moi, *je* n'y vais pas.
>
> C'est *pour eux* que je le fais.

▌▌▌▌ NOTES

. . . .

. . . .

. . . .

. . . .

👁 Lisez et observez

1. Interdit de stationner.
2. Catastrophe économique.
3. Ne pas marcher sur les pelouses.
4. Fragile.
5. Je me demande bien ce que Jean voulait dire hier.
6. Est-ce que vous n'êtes pas d'accord avec moi ?
7. Vous n'avez pas dit comment vous vouliez changer les choses.
8. Je n'ai absolument rien compris à son discours.
9. Que dire de cette situation ?
10. Avec quoi veux-tu faire de la salade ?
11. Vous vous demandez si vous avez raison ?
12. Il n'y a plus rien qui m'intéresse.

◎ Découvrez le fonctionnement de la langue

1. Dans quelle situation, peut-on trouver chacune des quatre premières phrases ?

....

....

2. Pouvez-vous transformer les phrases 5 et 11 en interrogation directe ? Faites la transformation.

....

....

3. Est-ce qu'il y a des éléments qui renforcent la négation dans les phrases 8 et 12 ? Oui ☐ Non ☐

4. Dans quelle phrase, y a-t-il une négation et une question ?

....

5. Après quel mot utilise-t-on *quoi* ?

....

✏ Exercez-vous

1. Transformez les phrases suivantes pour qu'elles soient plus courtes.

1. Vous pouvez sonner et entrer.

....

Phrases courtes, interrogatives et négatives

2. Il y a eu un ouragan à la Nouvelle-Orléans.

....

3. Les soldes commencent lundi.

....

4. La traversée est dangereuse.

....

5. Cet accès est interdit à toute personne étrangère au service.

....

6. Il ne faut pas utiliser l'ascenseur en cas d'incendie.

....

2. Transformez les phrases à la forme négative.

1. J'ai absolument tout compris.

....

2. J'ai vu quelqu'un près du pont.

....

3. Je m'occupe de tout.

....

4. Vous avez vraiment raison.

....

5. Tout le monde sait ce qui se passe.

....

3. Retrouvez l'interrogation directe pour chaque phrase.

1. Je me demande si tout le monde pourra monter dans ce bus.

....

2. Je ne sais pas avec quoi faire du feu.

....

3. Vous vous demandez comment ces hommes sont arrivés ici.

....

4. Vous pouvez m'expliquer avec quoi on fait la sauce mayonnaise.

....

5. Je me demande si nous sommes tous d'accord.

....

6. Nous ne savons pas pourquoi il y a tant de monde dans ce magasin.

....

4. Transformez les interrogations directes en interrogations indirectes.

1. Est-ce que vous connaissez le chanteur Raphaël ?

....

2. Avec qui es-tu sorti hier soir ?

....

3. Pourquoi les gens sont-ils si agités ?

....

4. Est-ce qu'il y a encore des places pour ce concert ?

....

5. Comment êtes-vous arrivés jusqu'ici ?

....

6. Avec quoi avez-vous fait ce plat ?

....

5. Transformez les phrases pour qu'elles soient interrogatives et négatives.

1. Vous pouvez m'expliquer cet exercice.

....

2. Tu fais de la planche à voile.

....

3. Il fait très beau.

....

4. Vous connaissez la fille de Marie.

....

5. Il y a une solution.

....

6. Tout le monde est d'accord.

....

▮▮▮▮ À RETENIR

▶ Les phrases courtes donnent la même information qu'une phrase normale, mais on les trouve dans des situations particulières : affiches, annonces, titres de journaux, panneaux signalétiques. Elles peuvent être composées :

– d'un nom ;	Ex. : Soldes – Expédition rapide
– d'un adjectif ;	Ex. : Fragile
– d'un participe passé ;	Ex. : Interdit d'afficher
– d'un verbe à l'infinitif.	Ex. : Ralentir

Phrases courtes, interrogatives et négatives

▌ Dans une même phrase, on peut avoir une interrogation et une négation.

　　Ex. : Est-ce que vous n'êtes pas satisfait ?

▌ Quand on passe d'une interrogation directe à une interrogation indirecte, le mot interrogatif peut se modifier ou non.

– Pour l'interrogation qui commence avec *est-ce que*, on utilise *si*.

　　Ex. : Est-ce qu'il viendra ? → Je me demande s'il viendra.

– Pour *qui, avec qui, quoi, avec quoi, pourquoi, comment*, il n'y a pas de modification.

　　Ex. : Qui est venu ? → Je ne sais pas qui est venu.

　　Ex. : Comment faire ? → Je me demande comment faire.

▮▮▮ Notes

. . . .

. . . .

. . . .

. . . .

. . . .

. . . .

👁 Lisez et observez

1. Une bande de malfaiteurs a été arrêtée par la police ce matin. Ils se sont fait surprendre en train de piller un magasin d'informatique. Les deux gardiens avaient été neutralisés et les cambrioleurs, venus avec un énorme camion, déménageaient tranquillement l'ensemble du stock quand ils ont été surpris. Les malfaiteurs savaient que les appareils qu'ils étaient en train de voler se revendent très bien car il s'agit d'ordinateurs dernier modèle.

2. Excusez-moi d'avoir raté notre dernier rendez-vous, mais j'étais à la maison en train d'écouter de la musique, je me suis laissé bercer par la musique et je me suis endormi. Ensuite je suis parti très vite, mais je me suis fait arrêter par la police car je conduisais trop vite. La prochaine fois, je vous le promets, j'arriverai en avance. Bien à vous.

3. Le cyclone Zinna qui est arrivé sur la côte ce matin a fait beaucoup de dégâts, il y a eu 40 blessés, beaucoup d'arbres ont été arrachés et des maisons détruites par les vents violents. Les habitants d'un village ont été évacués et d'autres se sont vus interdire l'accès à leurs maisons pendant 24 heures. Des vivres et de l'eau potable ont été apportées par hélicoptère pour aider les populations.

◎ Découvrez le fonctionnement de la langue

Texte 1

1. Est-ce qu'on peut dire « La police a arrêté une bande de malfaiteurs » à la place de « Une bande de malfaiteurs a été arrêtée par la police » ?　　Oui ☐　Non ☐

2. Est-ce qu'on peut dire « Ils ont été surpris » à la place de « Ils se sont fait surprendre » ?
　　　　　　　　　　　　　　　　　　　　　　　　Oui ☐　Non ☐

3. Est-ce qu'on peut dire « Les appareils sont bien revendus » à la place de « Les appareils se revendent très bien ».　　Oui ☐　Non ☐

4. À votre avis, combien de verbes à la forme passive y a-t-il dans ce texte ?
　　　　　　　　　　　　　　　　　　　2 ☐　　3 ☐　　5 ☐

Texte 2

Est-ce qu'on peut transformer :

« Je me suis laissé bercer » ?　　Oui ☐　Non ☐

« Je me suis fait arrêter » ?　　Oui ☐　Non ☐

Texte 3

1. Relevez les verbes à la forme passive.

. . . .

. . . .

2. Dans ce texte, qui a provoqué ces dégâts ?

. . . .

✎ Exercez-vous

1. Entourez les verbes à la forme passive.

1. Tout le monde sera parti à huit heures.

2. Beaucoup de personnes sont atteintes par l'épidémie.

3. Le président a démissionné.

4. Le président a été démis de ses fonctions.

5. Vous auriez été poursuivi par une moto ?

6. Vous étiez sorti quand le directeur est arrivé ?

7. Tous les enfants seront vaccinés dans trois jours.

8. Tous les travailleurs clandestins ont été reconduits à la frontière.

2. Transformez en utilisant un verbe au passif.

1. Jérôme s'est fait piquer par une guêpe.

. . . .

2. Amélie s'est laissée photographier par un paparazzi avec son fiancé.

. . . .

3. Si vous n'avez pas un dossier complet, vous vous verrez refuser votre inscription.

. . . .

4. Je me suis laissée séduire par un imbécile.

. . . .

5. Matthieu s'est fait voler par un jeune homme.

. . . .

6. Ce jeune homme s'est fait renvoyer par le directeur.

. . . .

3. Transfomez ces phrases au passif.

1. À la sortie du stade, les journalistes ont assailli l'équipe de France.

. . . .

2. Le fils de Marcel Colombani a vengé son père.

. . . .

3. Mes voisins ont adopté deux petites filles d'origine chinoise.

. . . .

4. La médecine par les plantes a guéri mon meilleur ami.

. . . .

5. Un milliardaire a acheté la voiture du dernier film de James Bond.

....

6. Le ministre de la Culture a décoré l'acteur Cyril Jack de la médaille des arts et lettres.

....

4. Choisissez entre *faire* et *laisser*.

1. Je me suis .... arracher une dent.

2. Marc s'est .... influencer par sa femme.

3. Je me suis .... raccompagner par un ami.

4. Loana se .... toujours attribuer des qualités qu'elle n'a pas.

5. Ces gens se .... exploiter par leur patron.

6. Il s'est .... prendre la main dans le sac, en train de voler de l'argent.

5. Mettez les verbes au temps qui convient.

1. Lorsque ce sera votre tour, vous .... (appeler) par haut-parleur.

2. Marc est arrivé devant la mairie, il .... (surprendre) par la foule.

3. Tous les invités .... (informer) que la cérémonie commencerait à 16 heures.

4. Quand nous avons fait cette croisière, nous .... (éblouir) par la qualité des lieux visités.

5. Quand vous aurez reçu votre carte, vous .... (admettre) dans les cours.

6. La semaine dernière les pompiers .... (appeler) trois fois par erreur.

7. Il faisait froid, les routes .... (envahir) par la neige.

8. Deux otages viennent d'........................... (libérer).

▌▌▌▌▌ À RETENIR

▶ La forme passive indique qu'une action est réalisée par une personne ou un élément extérieur. On ne précise pas toujours qui réalise l'action : soit parce que c'est évident, soit parce que c'est anonyme.

> Ex. : Vous serez appelé.
>
> Ex. : La loi a été votée.

▶ Le passif se construit avec le verbe *être* + participe passé du verbe.

Pour indiquer les différents temps, on conjugue le verbe *être*.

Futur : vous serez invité

Futur antérieur : vous aurez été invité

Imparfait : il était invité

Plus-que-parfait : il avait été invité

Conditionnel : vous seriez invité

Conditionnel passé : vous auriez été invité

▶ Certaines formes ont le même sens que le passif :

– *se laisser* + infinitif

– *se faire* + infinitif

Ces deux expressions ont un sens proche. Elles donnent l'idée d'une attitude passive ou que le sujet accepte quelque chose.

> Ex. : Je me suis laissé **convaincre de changer de voiture.**

> Ex. : Je me suis fait **voler ma voiture.**

▮▮▮ NOTES

. . . .

. . . .

. . . .

. . . .

. . . .

. . . .

Chapitre 5

Situer dans l'espace

👁 Lisez et observez

1. Alain a des amis partout, mais il ne se sent bien nulle part. Quand il est quelque part, il a envie d'aller ailleurs. Quand il arrive dans un endroit, il veut repartir là où il était. Parfois, il rêve de partir n'importe où à l'aventure, sans but précis.

2.

1. Renforcez les abdos supérieurs	**2. Sculptez les abdos inférieurs**	**3. Tonifiez l'intérieur des jambes**
Allongez-vous sur la serviette, jambes fléchies. Relevez les coins de la serviette tout en redressant un peu les épaules et la tête. Contractez le ventre et maintenez la position 15 secondes. Relâchez puis recommencez trois fois.	Assise, jambes fléchies, les pieds sur la serviette. Attrapez les extrémités de celle-ci et en même temps relevez les pieds : vos jambes doivent être parallèles au sol. Inclinez légèrement le buste vers l'arrière et maintenez la position 15 secondes. À faire trois fois.	Assise, jambes fléchies, la serviette coincée entre les genoux. Relevez les jambes et inclinez le buste vers l'arrière, tout en serrant les genoux l'un contre l'autre. Maintenez votre équilibre et tendez les bras à l'horizontale en contractant tout le corps.

3. **Mode d'emploi**
   Pour monter le meuble, retirer le plastique autour des différents éléments.
   Séparer les différentes parties et les aligner.
   Prendre l'élément A et le fixer à l'aide des vis à l'élément B, puis continuer avec les autres éléments.
   Fixer le panneau du tiroir, introduire le tiroir dans les fentes et le faire glisser.

4. Dans le fond, on voit une montagne qui ressemble à l'Olympe, au-dessus, il y a quelques nuages. En haut à droite, dans le coin, un oiseau qui pourrait être un aigle. Autour de la montagne, il y a des bois d'un vert tendre. Devant la montagne il y a une rivière et un groupe de personnages. Tout au long de la rivière, il y a des animaux, des moutons. En bas à gauche la rivière s'élargit et on imagine qu'elle continue hors du tableau.

◎ Découvrez le fonctionnement de la langue

Texte 1

1. Est-ce que *partout* est équivalent à *nulle part* ? Oui ☐ Non ☐
2. Est-ce qu'*ailleurs* est le contraire d'*ici* ? Oui ☐ Non ☐
3. Est-ce que *quelque part* indique un endroit précis ? Oui ☐ Non ☐
4. Est-ce que *n'importe où* indique un lieu défini ? Oui ☐ Non ☐

Texte 2

S'allonger est le contraire de « se lever ». Vrai ☐ Faux ☐
Fléchir veut dire « plier ». Vrai ☐ Faux ☐
Tendre les bras veut dire « fléchir les bras ». Vrai ☐ Faux ☐
Maintenir la position ne veut pas dire « garder la position ». Vrai ☐ Faux ☐

Texte 3

1. Reliez chaque mot à son synonyme.

Placer •   • introduire
Glisser •   • mettre

2. Reliez chaque mot à son contraire.

Enlever •   • assembler
Monter •   • introduire
Séparer •   • démonter
Sortir •   • mettre

Texte 4

Est-ce que le contraire donné pour chaque mot est correct ?

	Oui	Non		Oui	Non
Dans le fond ≠ au premier plan	☐	☐	Dans le coin ≠ au centre	☐	☐
Au-dessus ≠ au-dessous	☐	☐	Autour ≠ à l'intérieur	☐	☐
En haut ≠ en bas	☐	☐	Devant ≠ derrière	☐	☐
À droite ≠ à gauche	☐	☐	Hors ≠ dans	☐	☐

✏ Exercez-vous

1. Complétez avec *nulle part, quelque part, n'importe où, partout, ailleurs.*

1. – Nous avons retenu une table pour deux...

   – Où désirez-vous vous installer ?

   – . . . . , cela n'a pas d'importance.

2. Je n'ai jamais vu une maison fleurie comme cela, il y a des fleurs ....

3. Je déteste cette ville, je voudrais être ....

4. Allons prendre un verre ...., nous pourrons parler tranquillement.

5. J'ai cherché les clefs toute la journée, je ne les ai trouvées ....

6. Posez ce paquet ...., par terre, sur la table, sur cette chaise...

7. J'ai découvert un village merveilleux, c'est .... près de Tours.

8. Ce restaurant ne me plaît pas, allons ....

9. J'ai vu des paysages incroyables au Pérou, je n'ai rien revu d'aussi beau ....

10. Cet endroit est perdu au milieu de ....

2. Entourez la bonne réponse.

Allongez-vous (par terre / au plafond). (Mettez / Sortez) vos bras le long du corps. (Pliez / Rangez) les jambes et (montez-les / descendez-les) à la verticale. En respirant (descendez-les / roulez-les) jusqu'au sol. Recommencez dix fois.

3. Indiquez où se trouvent les objets.

Les livres sont .... les étagères. Les jouets sont .... la plus grande malle........................... de l'armoire, il y a les déguisements.

Le tricycle est .... la lucarne, mais le vélo est suspendu par un crochet .... des cartons.

4. Décrivez cette photographie.

Paris 1955. 1ᵉʳ arrondissement.
Vue du haut de Notre-Dame de Paris.

▌▐▐▐ À RETENIR

▶ Adverbes indiquant la position.

– *Partout* signifie dans tous les lieux, c'est le contraire de *nulle part*.
– *Nulle part* veut dire dans aucun lieu.
– *N'importe où* veut dire que le lieu n'est pas déterminé et qu'il n'a pas d'importance.
– *Quelque part* indique un lieu non défini.
– *Ailleurs* indique un endroit différent de celui où l'on se trouve ou dont on parle.

▶ Verbes indiquant la position.

– La position du corps : *être assis / debout / couché – s'étendre – se coucher – se lever…*
– Il y a un ensemble de verbes qui indiquent la position de personnes ou d'objets les uns par rapport aux autres.

Placer = mettre	≠ *enlever*
Fixer, attacher, assembler = mettre deux éléments ensemble	≠ *séparer, détacher, disjoindre*
Introduire, glisser = mettre à l'intérieur	≠ *sortir*
Aligner = mettre en ligne	
Empiler = mettre les objets les uns au-dessus des autres	

▶ Prépositions indiquant la position.

Au centre = au milieu	≠ *autour = à l'extérieur = hors*
Devant = en avant	≠ *derrière = en arrière = au fond*
Au coin de = à l'angle de	
Au-dessus = sur	≠ *au-dessous = sous*

👁 Lisez et observez

1.

a.　　　　b.　　　　c.　　　　d.　　　　e.

2. Si vous voulez visiter la Cerdagne, il faut démarrer par le col de Puymorens, vous quittez la haute vallée de l'Ariège pour arriver dans une autre vallée. Vous passez sur un pont puis la route descend. Sur la droite, vous admirez les pics du col Rouge. Vous passez par le défilé de la Faou, après le passage, il faut tourner à droite pour approcher de Bourg-Madame. Sur la gauche, vous découvrez le Grand Hôtel de Font-Romeu. Quand vous atteignez Bourg-Madame, prenez la première rue à gauche qui vous conduira au centre du village. En passant par-là, vous pourrez admirer de vieilles maisons pittoresques. Garez-vous sur la place du village puis repartez par la route nationale en direction de Saillagouse. Sur votre droite, vous verrez peut-être le petit train régional qui circule le long de la montagne.

◎ Découvrez le fonctionnement de la langue

1. Observez les panneaux et cochez la bonne réponse.

a. Vous devez vous arrêter ☐　　　continuer ☐.

b. Vous pouvez tourner à droite ☐　　　à gauche ☐.

c. Vous pouvez vous garer ☐　　　ne pouvez pas vous garer ☐.

d. Vous devez ralentir ☐　　　accélérer ☐.

e. Vous pouvez doubler ☐　　　ne pouvez pas doubler ☐.

2. Trouvez pour chaque verbe un synonyme.

Doubler　　•　　• se garer

S'arrêter　　•　　• dépasser

Tourner　　•　　• arriver à

Atteindre　　•　　• virer

3. Trouvez pour chaque verbe son contraire.

Tourner　　•　　• monter

Avancer　　•　　• continuer

Arriver　　•　　• reculer

S'arrêter　　•　　• aller tout droit

Descendre　　•　　• quitter

✎ Exercez-vous

1. Complétez avec *arriver – aller – tourner – prendre – atteindre – passer.*

Vous . . . . la route à droite. Puis vous . . . . à
gauche. Vous . . . . par le pont du Loup. Vous . . . .
à Chaux. Vous . . . . le village. Vous . . . . tout droit
jusqu'au carrefour. Vous . . . . à droite. Vous faites dix kilomètres et vous
. . . . à Saules.

2. Choisissez le verbe qui convient.

1. Avant les gens . . . . en vélo. (se déplaçaient / s'arrêtaient)
2. Vous . . . . déjà ? (quittez / partez)
3. Nous . . . . de l'église. (éloignons / approchons)
4. Il y a de la place, vous pouvez . . . . (rejoindre / reculer)
5. . . . . , il y a un stop. (arrêtez-vous / avancez)
6. Il n'y a personne, vous pouvez . . . . (doubler / aller)
7. J'ai été content de votre visite, ... quand vous voulez. (venez / revenez)
8. Il a heurté une voiture en . . . . (reculant / entrant)
9. Vous avez . . . . Bordeaux ? (séparé / quitté)
10. Vous pouvez . . . . l'autoroute par là. (sortir / rejoindre)

**3. Écrivez l'itinéraire pour aller du 113 rue Saint-Antoine à la maison de Victor-Hugo,
    6 place des Vosges.**

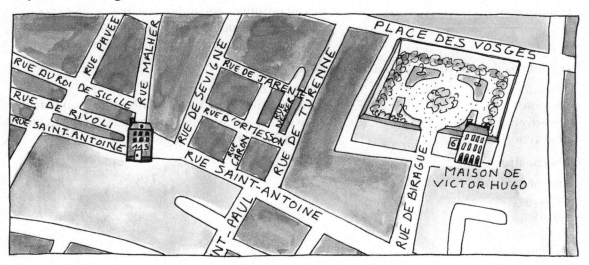

En sortant de l'immeuble, ...

. . . .

. . . .

. . . .

▌▌▌▌ À RETENIR

▶ Le mouvement est indiqué par :

– des noms ;	Ex. : arrivée
– des verbes ;	Ex. : bouger
– des adverbes.	Ex. : par ici

On peut indiquer :

– uniquement le mouvement ;	Ex. : bouger, remuer, se déplacer, aller, circuler
– le début du mouvement ;	Ex. : partir, quitter, s'en aller, démarrer
– la fin ou l'arrêt du mouvement ;	Ex. : s'arrêter, stopper, se garer (pour une voiture), s'immobiliser
– le sens du mouvement ;	Ex. : avancer, reculer, tourner, virer, en avant, à reculons
– le mouvement par rapport au lieu où l'on est ;	
	Ex. : par ici, venir, revenir
– le mouvement par rapport à l'extérieur ;	
	Ex. : repartir, retourner, par là
– le mouvement par rapport à un objet ;	
	Ex. : dépasser, doubler (un véhicule), rejoindre, retrouver, se diriger (vers quelque chose), s'approcher, s'éloigner (de quelque chose), atteindre (quelque chose)
– le mouvement vers quelqu'un ;	Ex. : se retrouver, rejoindre, se séparer, aller vers
– le type de mouvement.	Ex. : marcher, courir, sauter, se traîner, glisser (sur la neige), tomber, escalader, monter, descendre

▶ On peut également indiquer la direction avec :

– des verbes ;	Ex. : se diriger, s'orienter
– des noms ;	Ex. : Nord, Est, Ouest, Sud, bâbord, tribord (sur un bateau)
– des adverbes ;	Ex. : ici, par ici, là, là-bas, à droite, à gauche, en haut, en bas
– des prépositions.	Ex. : vers, en direction de, par

▶ Les constructions des verbes :

– Arriver *à* ou *vers* ;
– Passer *par* ;
– Tourner *à* ;
– S'approcher *de* ;
– S'éloigner *de* ;
– Se diriger *vers*.

▮▮▮ NOTES

....

....

....

....

....

....

Chapitre 6
Situer dans le temps (1)

Durée, fréquence, continuité

👁 Lisez et observez

1. La famille Martin habite à Reims depuis dix ans. Avant, ils vivaient à Toulon, et ceci depuis toujours. Chaque année, ils partent en vacances en Grèce et deux fois par an, ils vont faire du ski à Megève. Ils vont souvent au cinéma, c'est leur distraction favorite.

2. Ce mois-ci, selon le dernier sondage Bévéo, les Français sont encore pessimistes quant à la situation économique du pays. Comme la bourse a encore chuté, cela n'améliore pas le moral de nos compatriotes. La reprise de la consommation n'est toujours pas là.

3. Pour être en bonne santé, mangez chaque jour des fruits et des légumes, faites du sport trois fois par semaine, dormez au moins sept heures par nuit, faites chaque jour une activité qui vous fait plaisir.

4. De 2000 à 2004, j'ai travaillé dans une entreprise de communication, pendant quatre ans, j'ai été assistante de direction ; ensuite, j'ai arrêté car je souhaitais changer de secteur d'activité et je voulais travailler dans l'édition. J'ai travaillé deux ans dans une maison d'édition et depuis un mois, je ne travaille plus, je veux passer une année à voyager.

◎ Découvrez le fonctionnement de la langue

1. Est-ce que *depuis* exprime une durée reliée au présent ? Oui ☐ Non ☐

2. Relevez les expressions qui expriment la fréquence.

   . . . .

   . . . .

   . . . .

   . . . .

3. Dans le texte 2, est-ce que *encore* a toujours le même sens ? Oui ☐ Non ☐

4. Est-ce qu'on peut dire « La reprise de la consommation n'est pas encore là » ?

   Oui ☐ Non ☐

5. Est-ce que « Je ne travaille plus » veut dire « J'ai cessé / j'ai arrêté de travailler » ?

   Oui ☐ Non ☐

✏ Exercez-vous

1. **Dites à quelle fréquence vous faites les activités suivantes. Vous pouvez utiliser** *jamais, souvent, parfois, rarement* **ou préciser** *une, deux* **ou** *trois... fois par mois, par semaine, par an.*

   1. Acheter un quotidien → . . . .

   2. Regarder la télévision → . . . .

   3. Aller à la piscine → . . . .

   4. Aller au cinéma → . . . .

   5. Écouter la radio → . . . .

6. Partir en vacances   → ....

7. Rendre visite à des amis → ....

8. Aller dans un musée   → ....

9. Acheter des fleurs   → ....

2. Trouvez un équivalent à chaque phrase.

EXEMPLES : Vous habitez encore à Reims ? → *Vous habitez toujours à Reims ?*
Il ne fait plus de sport. → *Il a cessé de faire du sport.*

1. À 80 ans, André fait toujours de la bicyclette.

....

2. Le chômage n'a plus progressé depuis deux mois.

....

3. Je ne suis plus allé au théâtre depuis 5 ans.

....

4. Marielle travaille encore à la Croix-Rouge.

....

5. Je continue de faire du tir à l'arc.

....

6. J'ai arrêté de faire du patin à glace.

....

7. Marc a cessé de peindre.

....

3. Transformez pour exprimer le contraire.

1. Vous n'habitez plus à la campagne ?

....

2. Je ne suis plus fatigué.

....

3. Vous êtes rarement invité chez votre patron ?

....

4. Vous avez cessé d'aller à Londres chaque mois ?

....

5. Anne fait souvent les courses dans un supermarché.

....

6. Il y a toujours quelqu'un pour vous renseigner.

....

4. Complétez les phrases avec *2001 – l'hiver – longtemps – 2004 – un mois – deux jours*.

1. J'ai passé . . . . aux Baléares.

2. Nous avons vécu aux États-Unis de . . . . à . . . .

3. Nous vivons ici depuis . . . . , 50 ans au moins.

4. Nous sortons très peu pendant . . . . , il fait très froid.

5. Les Jeux Olympiques ont commencé depuis . . . .

▌▌▌ À RETENIR

▶ Pour exprimer la fréquence, on utilise des adverbes *toujours, souvent, quelquefois, parfois, rarement*.

– Pour exprimer la fréquence par rapport à une unité de temps, on utilise *deux fois par an, une fois par semaine, cinq fois par jour*, par exemple.

  Ex. : Je vais au théâtre de la Ville deux fois par an.

▶ Pour exprimer la répétition, on utilise *encore, à nouveau* ou le suffixe *re-* devant un verbe.

  Ex. : J'ai encore perdu mes clés, c'est la deuxième fois en huit jours.

  Ex. : Je te l'ai déjà dit et te le redirai tant que cela sera nécessaire.

▶ Pour exprimer la durée, on utilise :

– des noms communs : *heure(s), jour(s), mois, an(s), siècle(s)* ;

  Ex. : Il y a eu huit jours de pluie.

– des expressions : *pendant un mois, de mardi à mercredi, de mars à juin, de 2000 à 2003* ;

  Ex. : Le cours dure d'octobre à juin.

– des expressions qui indiquent une limite.

  Ex. : Je t'attendrai jusqu'à huit heures.

  Ex. : J'attendrai jusqu'à ce que tu aies terminé.

– des verbes : *rester, passer, durer*.

  Ex. : J'ai passé huit jours à la mer.

  Ex. : La tempête a duré toute la nuit.

▶ Pour exprimer la continuité, on utilise : *encore, toujours*.

  Ex. : Je suis toujours en colère contre Annick.

La rupture de continuité s'exprime avec *ne… plus* et les verbes *terminer, cesser, arrêter*.

  Ex. : Je ne fais plus de sport.

  Ex. : J'ai arrêté de faire du sport.

▌▌▌ NOTES

. . . .

. . . .

. . . .

. . . .

Éloignement, proximité dans le passé

👁 Lisez et observez

1. Je viens de rencontrer Jean. Il était fatigué car il venait de faire 400 kilomètres. Nous sommes allés prendre un café et il m'a raconté son voyage dans le Périgord. Il avait passé deux jours dans cette région, il était très enthousiaste, surtout pour la cuisine.

2. – Comment viviez-vous quand vous étiez jeune ?
   – Autrefois, tout était différent, quand j'étais jeune, on n'avait pas de voiture. On se déplaçait à vélo. J'ai acheté ma première voiture en 1950. C'était une autre vie, mais je crois que les gens vivaient mieux ensemble.

3. Il y a très longtemps que je n'avais pas vu Anaïs, elle n'habite plus ici depuis une éternité. Je l'ai rencontrée hier. Elle a beaucoup changé, elle travaille à Montpellier, elle a deux enfants.

4. Les députés ont voté récemment une loi qui interdit de fumer dans tous les lieux publics. Il y a encore peu de temps, on pouvait fumer dans les cafés et les restaurants. La nouvelle loi vient juste d'être appliquée.

◎ Découvrez le fonctionnement de la langue

1. Quel est l'équivalent de « Je viens de rencontrer Jean » ?

☐ J'ai rencontré Jean il y a 5 ans.

☐ J'ai rencontré Jean il y a une heure.

2. Quel est l'équivalent de « Il venait de faire 400 kilomètres » ?

☐ Il arrivait après avoir fait 400 kilomètres.

☐ Il a fait 400 kilomètres en 5 heures.

☐ Il a fait 400 kilomètres il y a un mois.

3. Donnez un équivalent pour :

autrefois : . . . .

récemment : . . . .

✏ Exercez-vous

1. Dites si la transformation des phrases suivantes avec *venir de* est possible. Si elle est possible, récrivez la phrase en faisant la transformation.

	Possible	Impossible
1. J'ai acheté une maison il y a très longtemps.	☐	☐
2. J'ai vu Jacques il y a 5 minutes.	☐	☐

	Possible	Impossible
3. Je suis allé à la Jamaïque en 1982.	☐	☐
4. J'ai perdu mon travail hier.	☐	☐
5. Marta a eu un bébé il y a 3 jours.	☐	☐
6. Vous êtes arrivé à Paris l'année dernière ?	☐	☐
7. Vous avez pris votre petit déjeuner juste avant de venir ?	☐	☐

2. Choisissez le temps qui convient : passé composé ou passé récent.

1. Kevin . . . . (arriver) en France en 1999.

2. Maria . . . . (raconter) une histoire drôle, j'en ris encore.

3. Je . . . . (terminer) ce livre à l'instant, il est très intéressant.

4. Nous . . . . (acheter) cette maison, c'est tout récent.

5. Anne . . . . (aller) au Vietnam le mois dernier.

6. Il y a 20 ans, le maire . . . . (faire) construire cet ensemble d'immeubles.

3. Complétez avec l'imparfait ou avec *venir de* à l'imparfait.

1. J'ai rencontré Johan en 2001, il . . . . (avoir) 18 ans.

   Il . . . . (être) très sympathique. Moi, je . . . .

   (rentrer) du Mexique, je . . . . (chercher) du travail.

2. Il y . . . . (avoir) beaucoup de monde sur la place, un concert

   . . . . (se terminer) et tout le monde . . . .

   (attendre) la suite du spectacle mais tout . . . . (être) fini.

4. Complétez avec *récemment – il y a peu de temps – il y a longtemps – autrefois – juste*.

1. Je viens . . . . de rencontrer Marie.

2. Il y a eu . . . . un incendie, il y a quelques jours.

3. . . . . que je ne fais plus de moto.

4. . . . . , les gens n'avaient pas la télévision.

5. Christian et Chantal se sont mariés . . . . , la semaine dernière.

6. Je suis allée au Pérou, ... , au moins 15 ans ;

7. Ce film vient . . . . de sortir.

8. La finale de la coupe du monde a eu lieu . . . . la semaine dernière je crois.

5. Modifiez ces phrases pour les situer près du présent ou plus loin dans le passé.

1. On a construit un aéroport.   Ex. : On vient de construire un aéroport.

2. Il n'y avait pas de chômage.   → ....

3. J'ai vu un film très bien.   → ....

4. Vous avez acheté votre première voiture.   → ....

5. Nous sortions tous les soirs.   → ....

6. Marine a eu 15 ans.   → ....

7. J'ai déjeuné avec Pierre.   → ....

8. Nous avons passé deux semaines à Athènes. → ....

▌▌▌▏ À RETENIR

▶ Pour exprimer un événement récent, vous pouvez utiliser le passé récent.

Ex. : Je viens de voir Jean.

Pour insister sur le caractère récent de l'événement, on peut ajouter :

– *juste* ou *à l'instant* ;

Ex. : Je viens juste de voir Jean.

– des expressions comme *il y a peu de temps* / *une minute* / *cinq minutes*…, *récemment*.

Ex. : Marc est sorti il y a deux minutes.

Ex. : Je l'ai appris récemment.

▶ Pour exprimer l'éloignement dans le temps en comparant avec le moment présent, on utilise :

– *avant*, *autrefois*, *naguère* (peu employé). Ces expressions sont souvent suivies de l'imparfait ;

Ex. : Autrefois, on n'allait pas en classe le jeudi.

– des expressions comme *il y a longtemps* / *des années* / *une éternité*. Ces expressions peuvent s'employer avec tous les temps du passé.

Ex. : Il y a une éternité que je n'avais pas vu Jeanne.

En indiquant une quantité de temps, on précise le degré de proximité ou d'éloignement.

Ex. : Il y a vingt ans que je l'ai rencontré. (passé éloigné)

Ex. : Il est sorti il y a deux minutes. (passé récent)

▌▌▌▏ NOTES

....

....

....

....

....

....

👁 Lisez et observez

1. Avant de *sortir*, éteignez les ordinateurs.
2. Vous devez tout préparer avant que les invités soient là.
3. La semaine dernière, j'étais à Madrid ; deux semaines avant, je suis allé à Londres.
4. J'ai acheté une maison, auparavant j'en avais visité une trentaine.
5. Quand vous aurez terminé ce rapport, vous me l'apporterez.
6. Après avoir fait des études de droit, Charles Buck est entré dans un cabinet d'avocats parisien. Plus tard, il a quitté ce cabinet pour créer le sien. Dix ans après, il s'est installé en Allemagne.
7. Ce que j'ai fait le 1er mai ? Je me suis levé tôt, ensuite j'ai fait mon jogging avec ma femme. Après mon jogging, je suis allé acheter le journal, mais il n'y en a pas le 1er mai. Deux heures plus tard, nous sommes allés déjeuner chez des amis. Puis au retour, j'ai lu. Nous avons passé une soirée tranquille.
8. En fermant la porte, il s'est blessé à la main.
9. Comment peux-tu lire et regarder la télévision en même temps ?
10. Au moment où je l'ai vu, je l'ai reconnu.
11. Pendant que tu vas faire les courses, je préparerai le repas.

◎ Découvrez le fonctionnement de la langue

	Vrai	Faux
1. Dans la phrase 1, l'ordre effectif des actions décrites est : première action, deuxième action.	☐	☐
2. Il n'y a pas de différence de construction entre la phrase 1 et la phrase 2.	☐	☐
3. Dans la phrase 2, les deux actions concernent deux personnes différentes.	☐	☐
4. On peut employer *avant* et *auparavant* avec une durée de temps.	☐	☐
5. Une action au plus-que-parfait et au futur antérieur précède une action au passé composé et au futur.	☐	☐
6. On peut utiliser *après* avec plusieurs constructions, mais il indique toujours la postériorité.	☐	☐
7. On utilise toujours *plus tard* avec une quantité de temps.	☐	☐
8. *Puis* et *ensuite* indiquent la postériorité.	☐	☐
9. Pour indiquer deux activités simultanées, on peut employer *en + participe présent*.	☐	☐
10. *Au moment où* et *en même temps* ont exactement le même sens.	☐	☐
11. *En même temps* et *pendant que* ont le même sens.	☐	☐

Déroulement et simultanéité, antériorité, postérité `fiche 3`

✎ Exercez-vous

1. Complétez avec *plus tard – après* (deux fois) *– ensuite – puis – avant de.*

Pitch est né en 1976, il a passé son enfance au Guatemala. À 15 ans, il est venu en France.

Deux ans .... , il est entré à l'université, à Paris 3. .... ,

il a fait une école de commerce .... devenir cadre chez Loréal.

.... , il a repris des études sur la médecine par les plantes. Quelques années

.... , il a créé une société pharmaceutique et .... ,

plusieurs filiales dans le monde.

2. Modifiez les phrases pour montrer qu'une action arrive après l'autre.

EXEMPLE : Hervé a fait une année en sciences économiques / il est entré à HEC.

Hervé a fait une année en sciences économiques *puis il est rentré à HEC.*

1. On fait les courses / on déjeune.

....

2. On trouve un hôtel / on va dîner.

....

3. Je partirai en vacances / je terminerai ce dossier.

....

4. Il a regardé la télévision / il est allé se coucher.

....

5. Les Français ont voté / ils ont eu un nouveau président.

....

3. Avec les deux éléments, faites une phrase qui montre qu'une action arrive avant l'autre.

Ex. : Aller dormir / se laver les dents → *Avant d'aller dormir,* les enfants se lavent les dents.

1. Brancher l'appareil / lire la notice

....

2. Conduire / passer le permis

....

3. Mettre du papier peint / boucher les trous

....

4. Planter des fleurs / retourner la terre

....

5. Acheter une voiture / se renseigner sur les prix

....

4. À partir de chaque élément, faites une phrase en trouvant une action antérieure ou postérieure.

Ex.: Faire de la voile → Dans mon enfance, j'ai fait beaucoup de ski ; *plus tard, avec Pierre, j'ai fait de la voile.*

1. Acheter un roman policier

....

2. Inviter Marc et Ève à dîner

....

3. Partir en vacances

....

4. Aller chercher les enfants à l'école

....

5. Téléphoner au médecin

....

5. Dites si les actions sont simultanées ou non.

	Oui	Non
1. Quand tu auras fini ton repas, tu pourras sortir.	☐	☐
2. Il faut remplir l'imprimé avant d'envoyer la garantie.	☐	☐
3. Jacques a passé son bac en même temps que le permis de conduire.	☐	☐
4. Il a accéléré au moment où le feu passait au rouge.	☐	☐
5. J'ai déjeuné, puis j'ai fait une promenade.	☐	☐
6. Après avoir attaqué une banque, les gangsters ont pris la fuite.	☐	☐
7. Quand je serai grand, je serai acteur.	☐	☐
8. Qui dort, dîne.	☐	☐
9. Je vais à la pharmacie et ensuite à la boulangerie.	☐	☐
10. J'ai commencé à apprendre le grec quand je suis arrivé à Athènes.	☐	☐

6. Mettez le verbe au temps qui convient.

1. Auparavant, mon éditrice .... (être) gentille.

2. Quand vous .... (comprendre) cet exercice, vous pourrez faire le suivant.

3. Vous prenez la première rue à droite, puis vous .... (tourner) à gauche.

4. Vous .... (venir) me voir quand nous aurons déménagé.

5. Après .... (terminer) ses études, Kevin est parti aux Antilles.

6. Vous avez travaillé à la poste puis vous .... (démissionner) deux ans plus tard.

7. Marie a acheté un appartement avant de .... (trouver) du travail.

8. Quand tu .... (signer) ton contrat, nous irons à Paris.

9. La voiture est arrivée au moment où je .... (traverser).

10. J'ai écrit un roman, avant j'........................... (publier) une pièce de théâtre.

7. Faites une phrase à partir des deux propositions. Vous pouvez trouver plusieurs combinaisons qui expriment la simultanéité, l'antériorité ou la postériorité.

EXEMPLE : se raser / se couper → *Il s'est coupé en se rasant.*

1. Jouer au football / maigrir

....

2. Arriver au travail / chanter

....

3. Faire du jogging / se fouler la cheville

....

4. Aller au cinéma / rattraper son retard

....

5. Travailler le soir / rencontrer une amie

....

6. Utiliser le dictionnaire / comprendre mieux

....

7. Regarder la télévision en français / apprendre du vocabulaire

....

▌▌▌▌ À RETENIR

▶ Pour exprimer qu'une action est antérieure à une autre, on peut utiliser :

– *Avant de* + verbe à l'infinitif, mais c'est la même personne qui fait les deux actions ;
> Ex. : *Avant de rentrer*, j'ai acheté le journal.

– *Avant que* + phrase au subjonctif ;
> Ex. : *Avant que tu partes*, je voudrais te parler.

– *Avant* + nom ;
> Ex. : Nous arriverons *avant le coucher du soleil.*

– Des mots ou expressions comme *auparavant, au préalable, plus tôt.*
Au préalable indique que l'action est antérieure et nécessaire.
> Ex. : Vous mettez les truites dans une poêle, *au préalable, vous les aurez vidées.*

Le changement de temps des verbes peut aussi marquer l'antériorité, par exemple l'usage de l'imparfait et du plus-que-parfait ou du passé composé et du plus-que-parfait.
> Ex. : *Je suis parti* au Mexique, *j'avais déjà visité* ce pays.

▌ Pour exprimer qu'une action en suit une autre, on emploie :

– *Après* + infinitif passé ;

> Ex. : *Après avoir réalisé cet exploit,* le footballeur a pris sa retraite.

– *Après* + nom ;

> Ex. : *Après son départ,* ils ne se sont plus jamais parlés.

– *Après que* + phrase à l'indicatif ;

> Ex. : Elle a beaucoup ri *après qu'il a raconté son aventure.*

– *Quantité de temps* + *après* ;

> Ex. : Elle était encore triste *trois ans après.*

– *Quand* + futur antérieur / futur ;

> Ex. : Vous serez parti *quand nous arriverons.*

– *Ensuite, puis, plus tard* ;

> Ex. : Vous relisez la leçon et *ensuite* vous refaites l'exercice.

– *Quantité de temps* + *plus tard / suivant(e)* ;

> Ex. : Elle a pris l'avion *deux jours plus tard.*
>
> Ex. : Il a réussi son diplôme d'ébéniste *l'année suivante.*

▌ Pour exprimer que deux actions sont simultanées, on utilise :

– *En même temps* ;

> Ex. : Je travaillais dans une galerie d'art et *en même temps* j'étais traductrice.

– *en* + participe présent ;

> Ex. : On a réglé le problème *en mangeant* un délicieux bœuf bourguignon.

– *Quand, lorsque* ;

> Ex. : J'ai dit non *quand* j'ai entendu cette proposition.

– *Alors, à ce moment* ;

> Ex. : Je lui ai dit toute la vérité *à ce moment* il a compris.

– *Pendant que, au moment où* (indique une action courte) ;

> Ex. : *Pendant que* Fabienne déjeune, je vais me reposer.

– *Tandis que* (indique aussi une idée d'opposition) ;

> Ex. : *Tandis que* l'équipe de l'OM marquait un but, les supporters du PSG hurlaient.

– *Comme.*

> Ex. : *Comme* j'arrivais, ils se sont cachés.

▌▌▌▌ **NOTES**

. . . .

. . . .

. . . .

. . . .

. . . .

. . . .

Chapitre 7

Situer dans le temps (2)

◉ Lisez et observez

Texte 1

Cher André,

Je te donne enfin des nouvelles. Je suis arrivé il y a six mois à Lyon, le 2 août, j'ai tout de suite aimé cette ville. La veille, j'étais allé voir ma famille à Lille. Le lendemain de mon arrivée, j'ai cherché un appartement, je suis allé dans plusieurs agences. Huit jours plus tard, j'avais trouvé un studio très agréable et proche du centre ville. Donc une semaine après mon arrivée, j'étais presque installé. Le mois suivant, j'ai trouvé du travail dans une agence de communication. Et deux mois plus tard, j'ai rencontré Florence. Nous nous sommes mariés le 20 décembre. Le lendemain, nous sommes partis en Grèce deux semaines. Huit jours après notre retour, nous avons déménagé dans un appartement plus grand. J'espère que tu viendras nous voir, nous serions très contents. Donne-moi des nouvelles.

Amitiés

Karl

Texte 2

Hier, j'ai rencontré Julie au cinéma et avant-hier, j'avais vu son mari au supermarché. Il y a six mois que je les connais.

Texte 3

Mardi dernier, je suis allée à une soirée chez Édith, il y avait Julie et son mari. La veille j'avais rencontré Julie au cinéma et l'avant-veille, son mari au supermarché. Je les ai connus il y a six mois.

Texte 4

Il y a huit jours, j'étais à Marseille, aujourd'hui je suis à Paris et dans deux semaines, je serai à Moscou.

Texte 5

Je n'arrête pas de voyager. Je rentre de Moscou, deux semaines avant j'étais à Paris et huit jours plus tôt à Marseille.

◉ Découvrez le fonctionnement de la langue

1. Retrouvez dans le texte 1 les indicateurs qui correspondent au récit.

Quand je parle		Quand je raconte
Ex.: *Hier*	→	*La veille*
2. Demain	→	....
3. Dans huit jours	→	....
4. Dans un mois	→	....

5. Dans deux mois   →   ....

6. Dans huit jours   →   ....

2. Trouvez l'équivalent des indicateurs entre le textes 2 et 3 et entre les textes 4 et 5.

Hier   →   ....

Avant-hier   →   ....

Il y a huit jours   →   ....

Deux semaines plus tard →   ....

✎ Exercez-vous

1. Complétez avec *après – lendemain – dernier – plus tard.*

Le mois ...., j'ai acheté une voiture, huit jours .... ,

elle était en panne. Le ...., je suis allé chez le garagiste. Je l'ai récupérée

deux jours .... Trois jours ...., elle était à nouveau

en panne. Je l'ai revendue immédiatement et j'ai acheté un vélo.

2. Faites la transformation sur le modèle de l'exemple.

EXEMPLE : Demain, je vais à la piscine. → *Le lendemain je suis allé à la piscine.*

1. Hier, j'ai acheté des plantes exotiques.

....

2. Après demain, nous irons à la plage.

....

3. Il y a deux jours, j'ai acheté une moto.

....

4. Le mois prochain, ce sera l'été.

....

5. Avant-hier, il y avait un cirque.

....

3. Faites correspondre chaque indicateur du récit à l'un des indicateurs suivants, lié au moment où l'on parle : *demain, il y a, avant-hier, après-demain, hier.* **Faites la transfomation.**

1. La semaine précédente, nous sommes allés à Rome.

....

2. La veille, j'ai travaillé dix heures.

....

3. Le lendemain, j'allais voir mon cousin.

....

4. Le surlendemain, j'étais à Montréal.

....

5. L'avant-veille, il y a eu un cambriolage.

....

6. Deux semaines plus tôt, vous aviez une place.

....

4. Racontez le voyage de Suzy sous la forme d'un récit à la troisième personne.

8 janvier : arrivée à Mexico
10 janvier : départ pour Oaxaca
20 janvier : début des fouilles sur un site archéologique
Week end du 30 janvier : deux jours de repos à San Angel
1er février : reprise des fouilles
2 février : découverte d'une statue
3 février : mon ami Marc arrive
15 février : fin des fouilles
15 février : retour à Paris

Suzy est arrivée à Mexico ....

....

....

....

....

....

5. Remettez les phrases de ce récit dans l'ordre.

A. Le lendemain l'acteur principal est tombé et s'est fracturé la jambe. Pour un début, c'était parfait.
B. Un mois plus tard, tout était fini.
C. J'ai commencé à tourner mon film le 15 janvier.
D. Huit jours après, j'ai trouvé un remplaçant.
E. Le film va sortir dans les salles le 20 avril.
F. L'avant-veille, j'avais enfin réussi à boucler le budget.

Phrase 1 : C   Phrase 4 : ....

Phrase 2 : ....   Phrase 5 : ....

Phrase 3 : ....   Phrase 6 : ....

▮▮▮▮ À RETENIR

▮ Lorsqu'on parle, les indicateurs de temps sont liés au moment où l'on parle (discours).

Quand on raconte quelque chose, les indicateurs varient, les temps verbaux aussi (récit).

Indicateurs du discours liés au moment où l'on parle	**Indicateurs du récit** liés à quelque chose que l'on raconte
la semaine dernière	la semaine précédente
il y a un mois	un mois avant, plus tôt
maintenant	à ce moment-là
aujourd'hui	ce jour-là
ce soir	le soir suivant
le mois prochain	le mois suivant
l'année prochaine	l'année suivante
lundi	le lundi suivant
hier	la veille
avant-hier	l'avant-veille
demain	le lendemain
après-demain	le surlendemain

▮ Ainsi quand on parle, on peut utiliser *demain*.

　　　Ex. : *Demain*, j'ai 6 heures de cours.

Mais quand on raconte, on fixe un repère dans le passé. Et le temps des verbes change aussi :

　　　Ex. : Vendredi dernier, je me suis reposé, *le lendemain*, j'avais 6 heures de cours.

▮▮▮▮ NOTES

....
....
....
....
....
....
....

👁 **Lisez et observez**

1. Jeanne se leva, il n'y avait aucun bruit dans la maison. Elle ne se souvenait pas de ce qui était arrivé la veille. Elle était partie travailler, elle s'était sentie très mal à midi. Elle avait appelé Roman, il était venu la chercher au travail. Ils étaient revenus à la maison. À partir de ce moment-là, elle ne savait plus... Elle chercha sa montre : neuf heures. Elle était paniquée à l'idée de ces heures disparues. Avait-elle dormi pendant tout ce temps ? Elle appela Roman, pas de réponse. Elle alla dans la cuisine pour boire un verre d'eau...

2. Après deux jours de marche dans la montagne, les deux hommes commencèrent à douter de leur sens de l'orientation. Ils n'étaient plus très sûrs d'avoir choisi la bonne piste. Ils s'arrêtèrent pour se préparer un repas rapide. Le plus âgé des deux sortit des vivres de son sac. La nuit allait tomber, ils se mirent à manger lentement, en silence. Ils semblaient las, la tristesse se lisait sur leurs visages.

3. Enfin, Franck était en vacances. Il se leva très tôt et, après une douche rapide, partit vers le Sud. Il avait passé deux semaines difficiles au travail et il était heureux de pouvoir oublier les problèmes auxquels il avait été confronté. Il pensait à ce mois de repos, en fin d'après-midi, il arriverait et il s'installerait dans sa maison de Manosque. Il arriva à Montélimar à 16 heures.

◎ **Découvrez le fonctionnement de la langue**

Texte 1

1. À quel moment se situe le récit ?

Le soir. ☐

Le matin à 9 heures. ☐

La nuit. ☐

2. Le jour précédent qu'est-ce que Jeanne a fait ?

① → ....

② → ....

③ → ....

④ → ....

3. À quel temps sont racontés ces événements ?

Présent ☐   Imparfait ☐   Passé simple ☐   Plus-que-parfait ☐   Passé composé ☐

4. Laquelle de ces deux phrases « Elle chercha sa montre » et « Elle était paniquée » renvoie :

a. à un état ?   → ....

b. à une action ?   → ....

Texte 2

5. Relevez les différents temps du passé.

Imparfait	Passé simple
. . . .	. . . .
. . . .	. . . .
. . . .	. . . .

Texte 3

6. Remettez ces événements dans l'ordre où ils se déroulent.

A. Deux semaines de travail difficiles ☐

B. Installation à Manosque ☐

C. Arrivée à Montélimar ☐

D. Lever ☐

E. Heureux d'oublier ses problèmes ☐

F. Douche ☐

G. Départ vers le Sud ☐

✎ Exercez-vous

1. Complétez ce texte en choisissant le verbe.

Franck avait quitté Paris samedi soir. À l'aube, il (arriva / arrivera) . . . . devant

l'hôtel de la gare. Il (a descendu / descendit) . . . . ses valises et une demi-

heure plus tard, il (était installé / installa) . . . . dans sa chambre.

Il (sortit / est sorti) et (s'arrêtait / s'arrêta) . . . . à la terrasse d'un café.

Il (était / fût) . . . . heureux d'être à Marseille. Il (déjeunait / déjeuna)

. . . . dans son restaurant préféré d'une bouillabaisse. L'après-midi,

il (fit / faisait) . . . . une promenade au centre-ville et se (laissait / laissa)

. . . . envahir par l'atmosphère joyeuse de la ville.

Il (resta / restait) . . . . trois heures avant le rendez-vous fatal.

2. Complétez les phrases en mettant le verbe au temps qui convient.

La nuit (tomber) . . . . , il (faire) . . . . sombre.

Paul Jacquot (s'avancer) . . . . au bord du quai. Au loin, un bateau (s'approcher) . . . . , on (voir) ses lumières. Paul (faire) . . . .

quelques pas et se (retourner) . . . . Le port (être) . . . .

désert. Paul se (diriger) . . . . vers son hôtel quand un bruit l'(immobiliser)

. . . . Il (penser) . . . . que c'(être) . . . .

un chat. Paul se (retourner) . . . . et il (voir) . . . . surgir

derrière lui un homme étrange, tout de blanc vêtu. Il (avoir) . . . . une allure

inquiétante.

3. Remettez ce récit dans l'ordre.

A. Il passa son enfance dans le Gers.

B. Comme les études de philosophie ne l'intéressaient pas beaucoup, il accepta la proposition de Mark.

C. Le cinéaste Jean Prune naquit en 1940.

D. Il travailla pendant 10 ans avec Mark.

E. À 18 ans, il vint à Paris pour faire des études de philosophie.

F. Puis en 1970, il tourna son premier film, *L'Homme de pierre*.

G. C'est à cette époque qu'il rencontra Mark Grant, grand cinéaste qui cherchait un assistant.

H. Ensuite, il enchaîna film sur film, il en tourna 40.

I. En 2000, il prit sa retraite et s'installa dans son village natal du Gers.

J. Son premier film rencontra un grand succès.

1	2	3	4	5	6	7	8	9	10

▌▌▌ À RETENIR

▸ Le passé simple est un temps qui est surtout employé dans des récits écrits. Ses emplois sont proches de ceux du passé composé, il introduit une distance dans le récit. On emploie plutôt le passé simple à la troisième personne du singulier et du pluriel.

> Ex. : Je suis né le 15 septembre 1987.
> Ex. : Le général Roigne naquit le 7 août 1886.

▸ Le passé simple quand il est employé avec l'imparfait décrit une action du passé qui est terminée (dont on montre le début et la fin), alors que l'imparfait permet de décrire le décor, l'ambiance du lieu, ou décrit des événements habituels du passé, des actions dont on a l'habitude qu'elles se reproduisent dans le passé.

▸ Conjugaisons du passé simple

– À la troisième personne du singulier, les verbes en *-er* ont un passé simple en *-a* ; en *-èrent* à la 3ᵉ personne du pluriel.

> Ex. : Fermer → Il ferma la porte.
> Ils fermèrent la porte.

– Les verbe en *-ir*, tels que *finir* ont un passé simple en *-it* / *-irent*.

> Ex. : Il fin**it** son travail, heureux et satisfait.
>
> Ils fin**irent** les travaux sur le toit au moment où de violents orages s'abattirent sur les massifs des Pyrénées.

– Pour les autres verbes, les terminaisons varient.

> Ex. : Perdre → il perd**it**, ils perd**irent**.
>
> Ex. : Mourir → il mou**rut**, ils mou**rurent**.
>
> Ex. : Être → il **fut**, ils **furent**.
>
> Ex. : Avoir → il **eut**, ils **eurent**.

Il existe un passé antérieur qui se forme avec l'auxiliaire *être* ou *avoir* au passé simple + participe passé du verbe.

> Ex. : Lorsqu'ils eurent vendu leur maison, ils partirent à l'aventure sur un voilier.
>
> Ex. : Dès qu'ils furent arrivés, ils trouvèrent un hôtel.

▓▌▏ Notes

. . . .

. . . .

. . . .

. . . .

. . . .

. . . .

👁 Lisez et observez

1. Dans une heure, j'aurai fini de taper ce rapport.
2. Quand j'aurai appris ce métier cela me permettra de trouver un autre travail.
3. Dans 15 ans, j'achèterai une voiture à mon fils.
4. En huit jours, il aura trouvé du travail.
5. Je changerai de voiture quand j'aurai gagné au loto.
6. En continuant comme cela, le 30, j'aurai planté toutes les fleurs.
7. Dès que Manuel sera rentré, nous irons au restaurant.
8. Avant que tu partes en voyage, nous allons rencontrer Loïc.
9. Dans un mois, tu auras réalisé ton dossier, mais avant, il faudra que tu fasses quelques lectures.
10. Il m'a juré qu'il ferait tout pour m'aider.
11. Elle m'a affirmé qu'elle aurait trouvé une solution avant samedi.
12. Vous auriez accepté ce contrat, vous auriez du travail.

◎ Découvrez le fonctionnement de la langue

Phrase 1. Est-ce qu'on pourrait dire une heure plus tard : « Le rapport est tapé. » Oui ☐ Non ☐

Phrase 2. Qu'est-ce que je dois faire d'abord « trouver un autre travail » ou « apprendre ce métier » ?

....

Phrase 3. À quel moment j'achèterai une voiture ? ....
    Est-ce qu'il y a une action avant ?   Oui ☐ Non ☐

Phrase 4. *En huit jours* signifie-t-il « d'ici huit jours » / « avant huit jours » ?

                                                              Oui ☐ Non ☐

Phrase 5. Quelle est la première action ?

....

Phrase 6. Est-ce qu'on insiste sur le fait que l'action sera terminée ? Oui ☐ Non ☐

Phrase 7. Quelle est la deuxième action ?

....

Phrase 8. Quelle est la première action ?

....

Phrase 9. Qu'est-ce qui sera terminé dans un mois ?

....

Phrase 10. Il dit : « Je .... »

Phrase 11. Elle dit : « J'.. »

Phrase 12. Est-ce que la personne a accepté le contrat ?   Oui ☐   Non ☐

Cette phrase exprime-t-elle un reproche ?   Oui ☐   Non ☐

✍ Exercez-vous

1. Faites une phrase en prenant un élément dans chaque colonne.

1. J'irai me promener
2. Dès que tu seras prêt
3. Quand j'aurai compris cette affaire
4. Avant que tu t'inscrives à l'université
5. Quand la grève sera terminée
6. Dès que je connaîtrai le résultat
7. Je sortirai

A. nous partirons.
B. il faudra préparer tous les documents.
C. je vous enverrai un SMS.
D. nous terminerons le programme.
E. quand j'en aurai envie.
F. quand l'orage sera passé.
G. je te l'expliquerai en détail.

....

....

....

....

....

....

2. Mettez les verbes au temps qui convient pour montrer que ces actions au futur seront accomplies.

1. Dans une heure, j' (préparer) .... le repas.

2. La semaine prochaine, tu (trouver) .... un appartement.

3. Le 15 juin, vous (avoir) .... vos résultats, vous pourrez prendre une décision.

4. Vous (recevoir) .... cette commande avant les vacances.

5. Lundi, vous (quitter) .... Rome.

6. Dans un an, vous (réaliser) .... votre rêve.

7. En décembre, j'(changer) .... de travail.

8. Dès que vous (prendre) .... ce médicament, vous serez soulagé.

9. Quand vous (arriver) .... à la fin du marathon, vous serez très heureux.

10. Quand les vacances (finir) .... , je rentrerai à Lille.

3. Complétez avec les temps qui conviennent.

1. Quand nous avions commencé ce travail, vous m'aviez dit que vous (être) . . . . disponible tous les mardis.

2. Quand vous (installer) . . . . , passez-moi un coup de téléphone.

3. Dès que tu (déjeuner) . . . . , j'irai te chercher.

4. Je suis sûr que Claire m'a dit qu'elle (arriver) . . . . à 10 heures.

5. Dans une semaine, je (être) . . . . au bord de la mer.

6. Avant que tu (faire) . . . . une bêtise, nous parlerons de ce problème.

7. Quand on vous (appeler) . . . . , vous vous présenterez à ce guichet.

8. Lorsque vous (accepter) . . . . de signer ce contrat, vous ne pourrez plus changer d'avis.

9. Il faudra vous présenter à la préfecture dès que vous (recevoir) . . . . une convocation.

10. Ne soyez pas inquiet, tout se (passer) . . . . bien.

4. À partir des éléments, écrivez un petit texte au futur à la 1re personne (je).

Aller à Paris – trouver un billet d'avion pour Bordeaux – rencontrer mes amis Jo et Anna – visiter un vignoble – faire une excursion dans les Landes – aller à la plage si beau temps – aller voir un cousin à Biarritz – après cela, rentrer à Paris.

Demain, j' . . . .

. . . .

. . . .

. . . .

. . . .

5. Complétez en choisissant le verbe qui convient.

1. Elle m'a dit qu'elle (aurait fini / finira) . . . . mardi.

2. J' (saurai / aurais su) . . . . que Léon n'était pas là, je ne serais pas venue.

3. Quand vous (lirez / aurez lu) . . . . ce livre, vous en ferez le compte-rendu.

4. Vous (aurez dû / auriez dû) . . . . me prévenir de votre absence.

5. Dès que nos amis nous (aurons envoyé / enverrions) . . . . de l'argent, nous irons les rejoindre.

6. J'(aurai acheté / achèterai) . . . . tout ce qu'il me faut d'ici une heure, nous pourrons rentrer à la maison.

7. Quand les cours (seront finis / finiront) . . . . , nous serons enfin en vacances.

8. Quand vous (ferez / aurez fait) . . . . votre choix, vous viendrez me voir.

▌▌▌ À RETENIR

▌ Le futur antérieur **indique une** action dans le futur qui en précède une autre. **On le trouve en particulier dans des constructions du type** *quand* + futur antérieur / futur **ou** *dès que* + futur antérieur / futur. *Dès que* **a un sens plus immédiat que** *quand*.

> Ex.: *Quand tu auras acheté* une voiture, on partira en vacances.
> Ex.: *Dès que tu auras fini,* on prendra la route.

▌ **Pour formuler qu'une action aura lieu dans le futur, on utilise** *Avant que* + subjonctif / futur. **Cela indique qu'une action au futur (dans la deuxième partie de la phrase), doit avoir lieu avant l'action énoncée dans la première phrase.**

> Ex.: *Avant que tu sortes,* je vais te parler.

▌ Le futur antérieur **peut aussi indiquer une action accomplie dans le futur avec:**

– *dans* + quantité de temps (un jour, une date);

> Ex.: *Dans trois heures,* je serai *arrivé* à Nice.

– certains verbes (comme par exemple: *arriver, finir…*)

> Ex.: Le 30 août, j'aurai *fini* ce travail.

▌ **On peut également indiquer la succession dans le futur avec les mots habituels:** *et, puis, ensuite…*

> Ex.: J'irai à Paris *et ensuite,* je prendrai l'avion pour Rome.

▌ Quand on rapporte les paroles de quelqu'un, **le futur se transforme en** conditionnel, **le futur antérieur en** conditionnel passé.

> Ex.: Il m'a dit qu'il *viendrait* à six heures.
> > Il m'a dit qu'il *aurait trouvé* un travail avant la fin du mois.

Le conditionnel passé indique un événement qui n'a pas eu lieu, ou un reproche, un regret.

> Ex.: Vous *auriez pu* arriver à l'heure.
> Ex.: J'*aurais compris* tout de suite la situation, je n'aurais pas été aussi maladroit.

▌ **On peut introduire dans un récit au présent des futurs, pour rendre le récit plus vivant et pour faire partager le point de vue du narrateur.**

> Ex.: Jean Lacoin naît en 1896, il fait des études de droit. Cinq ans plus tard, il *deviendra* avocat. Il *sera* très vite reconnu de tous.

▌▌▌ NOTES

. . . .

. . . .

. . . .

. . . .

. . . .

. . . .

Chapitre 8

Relations logiques (1)

Connecteurs qui structurent le discours

Lisez et observez

1. Tout d'abord je vais vous présenter la ville, ensuite nous prendrons un autobus pour visiter le centre, après nous ferons une promenade en bateau-mouche et enfin nous nous rendrons dans un restaurant pour déguster des spécialités locales.

2. D'abord, Henri m'a acheté une bague, puis il m'a emmenée au restaurant, finalement il m'a demandé si je voulais me marier avec lui.

3. Je suis fâché, ton ami est impoli, en outre il est mal élevé. Non seulement il ne m'a pas dit bonjour mais en plus, il s'est moqué de moi !

4. Il est impoli et même mal élevé !

5. C'est une personne compliquée, qui cherche toujours le conflit, en un mot, je ne vous conseille pas de l'embaucher.

6. Je ne suis ni informaticien, ni expert en logiciel, autrement dit, je ne peux rien faire pour toi.

7. Ce billet est à date fixe, c'est-à-dire que vous ne pourrez plus modifier votre départ.

8. Soit vous entrez directement à l'université, soit vous perfectionnez votre français pendant un an.

9. Ou vous améliorez votre travail ou vous aurez une mauvaise note.

10. Je n'aime ni le froid, ni la pluie, autrement dit j'aime le Sud.

11. Tout le monde est en vacances sauf moi.

12. À part Adeline, tout le monde a compris.

13. Je ne prête pas mes livres excepté à Dominique.

Découvrez le fonctionnement

Phrase 1. Quels sont les quatre connecteurs qui indiquent la succession des activités ?

....

Phrase 2. Quels sont les trois connecteurs qui indiquent la succession des activités ?

....

Phrase 3. Quelles expressions permettent d'ajouter un élément ?

....

Phrase 4. Est-ce que *mal élevé* est plus fort qu'*impoli* ?   Oui ☐   Non ☐

Phrase 5. Quelle expression permet de résumer ?

....

Phrases 6 et 7. Qu'est-ce qu'on peut dire pour reformuler quelque chose ?

....

Phrases 8 et 9. Que peut-on dire quand il y a deux solutions ?

....

Connecteurs qui structurent le discours

Phrase 10. Quand la négation porte sur deux termes on utilise : ....

....

Phrases 11, 12 et 13. Quelles sont les expressions qui marquent une exception ?

....

✎ Exercez-vous

1. Complétez avec *soit... soit... – ni... ni... – sauf – autrement dit – c'est-à-dire – ou... ou...* .

1. Nous avions tout prévu .... la pluie.

2. Vous êtes responsable, ... que vous devez veiller à ce que tout se passe bien.

3. Tu te trompes, Hélène n'est .... médecin, ... pharmacienne, elle est avocate.

4. Vous n'appréciez pas notre accueil, ... vous n'êtes pas contents.

5. Vous pouvez vous installer .... au premier rang, ... au deuxième.

6. .... vous payez votre amende tout de suite, ... vous payez le double.

7. Quand j'entends votre accent, je pense que vous êtes .... colombien, ... équatorien.

8. Samia ne sait .... se servir d'un appareil photo, ... filmer avec la vidéo.

9. Je ne parle pas anglais, ... je ne peux pas t'aider à préparer ton exposé en anglais.

10. Il y a un phénomène d'inversion thermique, ... que la pollution ne peut s'échapper dans l'atmosphère.

2. Faites une phrase en mettant en relation un élément de chaque colonne.

1. Vous gagnerez 1 500 euros par mois,
2. On peut dire que Raphaël est intelligent
3. Je suis non seulement fâchée
4. Le restaurant est toujours ouvert
5. Elle a raté son permis de conduire
6. Votre profil correspond très bien à ce poste
7. J'ai hésité à prendre des vacances
8. Je n'ai ni les compétences
9. C'est non seulement ennuyeux
10. Vous devez rendre votre travail avant le 15
11. Vous avez accepté ce poste

A. mais encore blessée par vos remarques.
B. sauf le dimanche soir.
C. en un mot vous êtes la perle rare.
D. ni l'expérience pour accepter ce poste.
E. et même brillant.
F. finalement je suis parti une semaine.
G. mais en plus elle a eu un accident en le passant.
H. en outre vous avez dit qu'il vous plaisait.
I. sauf ceux qui passent l'examen.
J. mais en plus irréaliste.
K. en outre vous aurez une prime de 1 000 euros.

1. ....

2. ....

3. ....

4. ....

5. ....

6. ....

7. ....

8. ....

9. ....

10. ....

11. ....

3. Complétez ce texte avec des connecteurs.

.... on est parti très tôt, il a fallu se lever à 6 heures, ...
on est tombés en panne sur l'autoroute .... Delphine a été malade, elle ne
supporte pas la voiture, on a dû s'arrêter, ... , tout commençait bien !
.... , quand on est arrivés à la mer, il était l'heure de déjeuner. On avait réservé
un restaurant pour manger des fruits de mer, malheureusement, il n'y avait ....
huîtres, ... crevettes, mais seulement des moules.

.... on a mangé, ... on est allés faire une promenade.
Quand on est revenus, ... on avait une amende, mais en plus, un pneu était
crevé. On est .... rentrés. Tout s'est bien passé, ...
les embouteillages. Quelle journée catastrophe !

4. Reformulez en continuant chaque phrase.

1. Marco est intelligent, sympathique, beau, en un mot ....
2. Miguel est spécialiste en économie, c'est-à-dire qu'il ....
3. Je suis très occupée, bref ....
4. Personne n'a le temps de vous aider, autrement dit vous ....
5. C'est un problème complexe, c'est-à-dire ....
6. Nous n'avons aucune assurance pour ce contrat, bref ....
7. Il fait des études de botanique, c'est-à-dire ....
8. J'ai beaucoup de travail, en un mot ....

Connecteurs qui structurent le discours

▌▌▌▌ À RETENIR

▶ Un certain nombre de connecteurs servent à exprimer la chronologie dans le discours.
– pour le début : *d'abord, tout d'abord* ;
– pour la suite : *ensuite, puis, après* ;
– pour la fin : *enfin, bref* ;
– *finalement* indique aussi un résultat ;
>   Exemple : *Je ne savais pas où partir, finalement j'ai choisi Nice.*
– les adverbes formés à partir des adjectifs *premier, deuxième…* : *premièrement, deuxièmement…*

▶ D'autres connecteurs servent à ajouter un élément dans le discours :
– *de plus, en plus, en outre* ;
– *même* permet d'ajouter et de donner une idée d'intensité, le deuxième terme est plus fort.
>   Exemple : Elle est jolie, *même* très belle.
– *non seulement… mais encore… / mais en plus…*

▶ Certains connecteurs servent à reformuler :
– *c'est-à-dire, autrement dit,*
– pour résumer, on utilise *en un mot, bref.*

▶ Pour introduire deux éléments, on utilise :
– *ni… ni* quand il s'agit d'une négation ;
– *ou… ou…, soit… soit* quand il s'agit d'un choix à faire.

▶ Pour introduire une exception, on utilise :
– *excepté, sauf, à part.*

▌▌▌▌ NOTES

. . . .

. . . .

. . . .

. . . .

. . . .

. . . .

. . . .

. . . .

fiche 2 Cause et conséquence

👁 Lisez et observez

1. Des arbres ont été cassés à cause de l'orage.
2. En raison d'une grève, tous les trains seront retardés.
3. À la suite d'un incident, ce service n'est pas disponible.
4. Avec cette histoire, j'ai oublié de faire les courses.
5. Sans essence, cette machine ne marche pas.
6. Comme il n'a pas plu depuis trois mois, il y a des problèmes de distribution d'eau.
7. Puisque tu vas voir Alain, apporte-lui ce livre.
8. Je suis contente parce que j'ai terminé ce livre.
9. Je suis en colère d'autant plus que ce n'est pas la première fois que Jacques change d'avis.
10. Il y avait trois personnes, alors la réunion n'a pas eu lieu.
11. Il y a eu un ouragan si bien que ma maison a été détruite.
12. Je suis tellement fatiguée que je n'arrive plus à parler.
13. Le vent s'est levé donc nous n'avons pas pris le bateau.
14. Elle est si gentille qu'ils la prennent pour une idiote.

◉ Découvrez le fonctionnement

Pour chacune des phrases trouvez la cause et la conséquence, puis indiquez devant quel élément, la cause ou la conséquence, se situe le connecteur. Relevez le connecteur.

Cause → ....
Phrase 1.
Conséquence → ....

connecteur devant la cause / la conséquence
connecteur: .... ☐   ☐

Cause → ....
Phrase 2.
Conséquence → ....

connecteur devant la cause / la conséquence
connecteur: .... ☐   ☐

Cause → ....
Phrase 3.
Conséquence → ....

connecteur devant la cause / la conséquence
connecteur: .... ☐   ☐

Cause → ....
Phrase 4.
Conséquence → ....

connecteur devant la cause / la conséquence

☐   ☐

connecteur : . . . .

Phrase 5.

Cause → . . . .

Conséquence → . . . .

connecteur devant la cause / la conséquence

☐   ☐

connecteur : . . . .

Phrase 6.

Cause → . . . .

Conséquence → . . . .

connecteur devant la cause / la conséquence

☐   ☐

connecteur : . . . .

Phrase 7.

Cause → . . . .

Conséquence → . . . .

connecteur devant la cause / la conséquence

☐   ☐

connecteur : . . . .

Phrase 8.

Cause → . . . .

Conséquence → . . . .

connecteur devant la cause / la conséquence

☐   ☐

connecteur : . . . .

Phrase 9.

Cause → . . . .

Conséquence → . . . .

connecteur devant la cause / la conséquence

☐   ☐

connecteur : . . . .

Phrase 10.

Cause → . . . .

Conséquence → . . . .

connecteur devant la cause / la conséquence

☐   ☐

connecteur : . . . .

Phrase 11.

Cause → . . . .

Conséquence → . . . .

connecteur devant la cause / la conséquence

☐   ☐

connecteur : . . . .

Phrase 12.

Cause → . . . .

Conséquence → . . . .

connecteur devant la cause / la conséquence

☐   ☐

connecteur : . . . .

        Cause → ....
Phrase 13.
        Conséquence → ....

                                                            connecteur devant la cause / la conséquence
connecteur : ....   ☐   ☐

        Cause → ....
Phrase 14.
        Conséquence → ....

                                                            connecteur devant la cause / la conséquence
connecteur : ....   ☐   ☐

Exercez-vous

1. Complétez avec un connecteur exprimant la cause ou la conséquence.

1. Vous vous êtes trompé sur l'heure de la réunion .... elle n'a pas pu avoir lieu.

2. Elle est .... forte .... vous ne pourrez pas la battre aux échecs.

3. J'ai bien travaillé .... je vais au cinéma.

4. Il n'y a pas de neige .... on n'ira pas au ski.

5. Victor est à nouveau très malade .... il a dû retourner à l'hôpital.

6. Cette candidate est excellente .... je vais voter pour elle.

7. Je ne vais pas à Paris cette semaine .... j'ai trop de travail.

8. .... il y a trop de monde dans ce restaurant, nous allons ailleurs.

2. Faites une phrase en associant un élément de chaque colonne.

1. Le maire n'a pas été réélu   A. comme je suis de droite, je me sens isolé.

2. Les étudiants ont fait grève   B. si bien qu'il était furieux.

3. Il y a tellement de problèmes sociaux   C. de telle sorte que les examens ont été annulés.

4. Personne n'a présenté le conférencier   D. parce qu'il n'a pas été invité au vernissage.

5. Louis était furieux   E. alors, on ne le verra plus.

6. La plupart de mes amis sont de gauche   F. que le gouvernement ne sait plus quoi faire.

1. ....

2. ....

3. ....

4. ....

5. ....

6. ....

3. Complétez avec un connecteur exprimant la cause ou la conséquence.

1. . . . . courage, vous n'y arriverez jamais.

2. . . . . d'un incident, il n'y a plus de téléphone.

3. Je trouve cela inacceptable . . . . j'ai signalé plusieurs fois ce dysfonctionnement.

4. . . . . de ses difficultés, il a abandonné ses études.

5. . . . . tout le monde arrive en retard, Joël a fini par faire la même chose.

6. Je vais t'aider . . . . tu le mérites vraiment.

7. . . . . humour, la vie est triste.

8. La presse a dissimulé certains éléments . . . . personne ne comprend plus rien à cette histoire.

4. a. Lisez cette bande dessinée et récrivez l'histoire avec des adjectifs positifs.

suite page 92

Philippe GELUCK, *VSD*, semaine du 27 juil. au 2 août 2005.

....
....
....
....

b. **Sur le modèle du texte de la bande dessinée, écrivez un texte, sérieux ou absurde, sur un pays.**

Ce pays est si ....
....
....
....

▌▌▌▌ À RETENIR

▶ Pour exprimer la cause, on utilise :

– *À cause de / En raison de / À la suite de…* + nom ;

      Exemple : *En raison de* la manifestation les policiers ont bloqué la rue.

– *avec / sans* + nom ;

      Exemple : *Sans amour*, vivre sa vie ne l'intéressait pas.

– *parce que, comme, puisque, d'autant plus que*.

      Exemple : Il s'ennuyait *d'autant plus qu*'il connaissait déjà tout ça par cœur.

▶ Pour exprimer la conséquence, on utilise :

– *alors, aussi* ;

      Exemple : Il était accompagné *aussi* je n'ai pas osé aller me présenter.

– *si bien que, de telle sorte que, trop… pour que…* ;

      Exemple : Elle a travaillé nuit et jour pendant des mois *si bien qu*'elle a réussi le concours.

– *donc, ainsi, alors, en conséquence*;

Exemple : Il a consulté six ingénieurs, *en conséquence* son projet a été retenu.

– *tellement* + adjectif + *que*; *si* + adjectif + *que*; *tellement de* + nom; *tant de* + nom expriment la conséquence avec une notion d'intensité.

Exemples : Il est *tellement* généreux et enthousiaste *qu'*il les a tous séduits.

Tant de douceur a apaisé sa peine.

▉▋▍ NOTES

....

....

....

....

....

....

👁 Lisez et observez

1. Les jeunes aiment beaucoup le rap, en revanche les plus de 40 ans apprécient peu cette musique.
2. Bien que les technologies favorisent en général la communication, elles peuvent vous enfermer dans un monde virtuel.
3. Maeva est intelligente mais elle a de mauvais résultats à l'école.
4. Cet athlète a gagné toutes les compétitions, mais il a échoué à la dernière.
5. Malgré tous ses efforts, Denis a raté son examen.
6. Elle travaille alors que son mari fait la sieste.
7. Tandis que tout le monde fait des efforts pour calmer les esprits, monsieur Michel continue à dire des mensonges sur la nouvelle directrice.
8. Tout va bien et pourtant je suis inquiète.
9. Je sais qu'il ne reviendra pas sur sa décision, je l'appellerai quand même.
10. Il a obtenu ce poste or il n'a aucune qualification.
11. Tu peux prendre la voiture, par contre j'en aurai besoin à dix-sept heures.
12. Cet appartement est magnifique, il est un peu cher toutefois.

◎ Découvrez le fonctionnement de la langue

Phrase 1. Est-ce que *en revanche* veut dire « au contraire », « à l'inverse de » ?   Oui ☐   Non ☐

Phrase 2. Est-ce qu'on peut remplacer *bien que* par « même si » ?   Oui ☐   Non ☐
Est-ce qu'il y a une idée d'opposition ☐ ou de concession ☐ ?

Phrases 3 et 4. *Mais* a-t-il une valeur de concession ?   Oui ☐   Non ☐
Peut-on remplacer *mais* par « cependant » ou « néanmoins » ?   Oui ☐   Non ☐

Phrase 4. Est-ce qu'on pourrait dire « Quoique très performant à toutes les compétitions, cet athlète a échoué à la dernière » ?   Oui ☐   Non ☐

Phrase 5. « Bien qu'il ait fait des efforts, Denis a raté son examen » n'a pas le même sens.   Vrai ☐   Faux ☐

Phrase 6. Est-ce qu'il y a seulement le sens de deux actions simultanées ?   Oui ☐   Non ☐

Phrase 7. Est-ce qu'il y a une idée d'opposition ?   Oui ☐   Non ☐

Phrase 8. « Normalement je ne devrais pas être inquiète » n'a pas le même sens.   Vrai ☐   Faux ☐

Phrase 9. Est-ce qu'on peut transformer la phrase avec « même si » ?   Oui ☐   Non ☐

Phrase 10. Est-ce que *or* exprime une opposition ?   Oui ☐   Non ☐

Phrase 11. Est-ce qu'il y a une idée d'opposition ou de concession ?   Oui ☐   Non ☐

Phrase 12. « Cependant il est un peu cher » a le même sens.   Vrai ☐   Faux ☐

✏ Exercez-vous

1. Complétez ces phrases.

1. Julie a acheté une voiture, (pourtant / car) .... elle n'a pas le permis.

2. J'ai compris l'exercice, (tandis que / mais) .... je n'arrive pas à le faire.

3. J'aime le noir, (cependant / mais) .... pas le jaune.

4. Il est tard, je vais (cependant / quand même) .... passer chez Anne.

5. Je travaille (parce que / tandis que) .... tout le monde est en vacances.

6. (Mais / Malgré) .... tous ses défauts, j'aime bien Xavier.

7. Je connais bien Marine et (alors / pourtant) .... je ne savais pas qu'elle était mariée.

8. Hélène parle bien espagnol, (or / bien que) .... elle ne l'a pas appris à l'école.

9. J'aime les artichauts, (pourtant / tandis que) .... j'en mange rarement.

10. On connaît Adeline, (bien que / par contre) .... on ne connaît pas sa sœur.

2. Complétez par *mais – par contre – et pourtant – même si – bien que – quand même.*

1. .... il fasse très froid, il y a du soleil.

2. Je parle portugais, ... pas espagnol.

3. Tu ne peux pas m'aider à finir ce travail, ... tu peux préparer le repas.

6. J'ai terminé ce livre .... je ne l'ai pas trouvé génial.

5. Vous êtes pressé, vous pourriez .... passer voir Marie.

6. Jean est sympa, ... il parle beaucoup.

7. Je n'ai pas beaucoup travaillé, ... je suis épuisée.

8. Je préfère prendre Air France plutôt qu'un charter .... c'est plus cher.

3. Faites des phrases en associant deux éléments.

1. Il est intelligent	A. mais antipathique.
2. J'ai des copains	B. je vais quand même au cinéma avec toi.
3. Marion a réparé la roue de son vélo	C. mais pas à la bonne place.
4. J'ai beaucoup de travail	D. bien que je sois allé dans trois librairies.
5. Il y a eu un accident grave	E. mais n'arrive pas trop tard.
6. Il a garé sa voiture	F. et pourtant je n'ai pas de véritable ami.
7. Je n'ai pas trouvé de livres intéressants	G. cependant, elle n'a pas pu la remonter.
8. Viens dîner	H. et pourtant il n'y a pas eu de blessés.

1. ....

2. ....

3. ....

4. ....

5. ....

6. ....

7. ....

8. ....

4. Trouvez un connecteur.

1. Nous trouvons cette voiture un peu chère, nous allons .... l'acheter.

2. Je n'ai pas trouvé de place pour la finale de la coupe du monde et .... , je m'y suis pris très en avance.

3. Vous avez travaillé, ... ce n'est pas ce que je vous avais demandé.

4. .... je sois ami avec Serge, je ne l'approuve pas toujours.

5. J'aime beaucoup les roses, ... je n'aime pas les glaïeuls.

6. Vous êtes compétent et .... vous manquez un peu d'expérience.

7. Vous auriez .... pu faire un effort.

8. Tu peux sortir avec tes copains .... ne rentre pas trop tard.

9. C'est un homme agréable, ... je ne lui fais pas confiance.

10. Achète des légumes .... pas de salade.

5. Complétez ce texte avec *pourtant – toutefois – mais – bien que – en revanche*.

Vous pouvez tout à fait choisir de partir en vacances au mois d'août, ... il faudra vous y prendre à l'avance, car c'est la période préférée des Français. Si vous choisissez la mer, les locations se font dès janvier, ... il est plus facile de trouver de la place en Bretagne. .... la Bretagne soit agréable, le temps peut être plus frais que dans le Sud en août.

Vous préférez l'étranger, beaucoup de destinations sont possibles, ... nous vous conseillons d'éviter certains pays pour des problèmes de climat. La Méditerranée est agréable en août, ... l'hémisphère Sud n'est pas recommandé.

Comparez les prix lorsque votre choix est fait, ... n'hésitez pas à payer un peu plus pour plus de confort et vérifiez bien les conditions et les prestations.

▌▌▌▌ À RETENIR

▶ Pour marquer l'opposition, on peut utiliser les connecteurs suivants :

– *au contraire*; *à l'opposé*; *à l'inverse*. Ces trois connecteurs sont à peu près équivalents.

     Ex. : Mes amis aiment les films d'horreur, moi, *au contraire*, je déteste ça.

Ils peuvent se construire avec *de* + nom.

> Ex. : Aline est très gentille *à l'inverse de* son frère.

– *en revanche*; *par contre* (plus employé à l'oral) ;

> Ex. : J'adore tous les romans d'Haruki Murakami ; *en revanche* j'ai été déçue par son recueil de nouvelles.

– *alors que*; *tandis que*. Ces connecteurs indiquent la simultanéité, mais également l'opposition ;

> Ex. Ils se sont rencontrés *tandis qu*'ils n'avaient pas encore divorcé.

– *mais*. Il peut s'employer avec un nom, un adjectif.

> Ex. : Il est beau *mais* stupide.

▶ La concession marque une conséquence qui n'est pas dans la logique des choses. Pour exprimer la concession, on utilise :

– *bien que*; *cependant*; *pourtant*. Attention, *bien que* s'emploie toujours avec le subjonctif.

> Ex. : Il est malade. Il travaille.
>
> *Bien qu'il soit* malade il travaille.
>
> Il est malade *cependant* il travaille.
>
> Il est malade et *pourtant* il travaille.

– *néanmoins*; *toutefois*;

> Ex. : Maria Callas était la plus douée, *néanmoins* elle travaillait sa voix chaque jour.

– *malgré tout*; *tout de même*; *quand même* en fin ou au milieu de la phrase ;

> Ex. : Elle préfère rester ici, *malgré tout*.
>
> Ex. : Il n'y a pas de neige, il est *quand même* parti à la montagne.

– *or*;

> Ex. : Il est intelligent, *or* il n'a rien compris.

– *mais*. Il peut aussi indiquer la concession ;

> Ex. : Il est malade *mais* il travaille.

– *malgré* + nom ;

> Ex. : *Malgré le bonheur* qu'ils ont eu de se revoir, il a préféré ne plus lui téléphoner.

– quoique ; même si.

▶ Il est possible d'utiliser deux connecteurs :

– *mais pourtant*; *et pourtant*; *mais cependant*.

> Ex. : C'est joli, *mais pourtant* ça ne me plaît pas.

▮▮▮ NOTES

. . . .

. . . .

. . . .

. . . .

. . . .

. . . .

Chapitre 9

Relations logiques (2)

👁 Lisez et observez

1. La vie, c'est comme un fil qui peut se rompre à tout moment.
2. Elles ont la même coiffure.
3. Il est bête comme ses pieds.
4. Ces deux photos sont presque identiques, il y a très peu de différence.
5. Je suis comme toi, content d'être en vacances.
6. Aucun doute, c'est son frère, ils se ressemblent comme deux gouttes d'eau.
7. J'ai réussi à courir aussi vite que toi.
8. Elle est très différente de son père.
9. Vous avez appris rapidement l'espagnol, de la même façon vous pouvez apprendre l'italien.
10. Yann ? un vrai Don Juan, toutes les filles sont amoureuses de lui.
11. Partir ou rester, c'est pareil pour moi, je ne sais pas quoi faire.
12. Après 13 ans, il l'aime toujours autant.
13. J'ai plus de travail que l'année dernière.
14. Vous êtes moins fatigué que moi.
15. Vous dites que le pain est bon, je trouve moi, que c'est le meilleur de Strasbourg.

◎ Découvrez le fonctionnement de la langue

1. Quel est le mot le plus fréquemment utilisé pour établir une comparaison ?

....

2. « Être identique » a le même sens qu'« être pareil ».　　　　Vrai ☐　　Faux ☐
3. Quel verbe utilise-t-on pour dire que deux éléments sont semblables ?

....

4. Relevez les mots ou expressions qui servent à comparer.

....

....

5. Est-ce qu'on est obligé d'utiliser *comme* pour comparer une personne à un autre élément ?

　　　　　　　　　　　　　　　　　　　　　　　　　　　Oui ☐　　Non ☐

6. Comment exprime-t-on la comparaison dans la phrase 7 ?

....

7. Est-ce que la phrase 12 signifie « Il l'aime comme avant » ?　　Oui ☐　　Non ☐
8. Dans les phrases 13 et 14, quels mots indiquent la comparaison ?

....

9. Dans la phrase 15, quelle différence y a-t-il entre *bon* et *meilleur* ?

....

✎ Exercez-vous

1. Complétez avec un mot qui exprime la comparaison.

1. Ces deux voitures sont . . . . , il n'y a aucune différence.
2. Je ne sais pas à qui Oriane . . . . , à son père, à sa mère ?
3. Je n'ai pas . . . . de chance que toi, je n'ai pas gagné au loto.
4. Les étudiants se comportent tous . . . . , ils sont très actifs.
5. Ce qui est . . . . entre les deux modèles de téléviseurs, c'est la définition de l'image.
6. Vous n'êtes pas comme les autres, vous êtes vraiment . . . .
7. Cet exercice est . . . . facile que les autres.
8. C'est . . . . l'année dernière, il pleut sans arrêt. Je ne reviendrai plus en vacances ici.
9. Vous vous . . . . beaucoup, vous avez les mêmes réactions.
10. J'ai exactement la . . . . robe que toi.
11. Ces deux voitures ne sont pas tout à fait . . . . , il y a une différence d'aménagement à l'intérieur.
12. Aldo a réussi à l'examen . . . . toi, il a eu exactement les . . . . notes que toi.

2. Définissez un mot par rapport à l'autre en insistant sur la ressemblance et la différence.

Ex.: fraise / mûre
*Une mûre, c'est **presque comme** une fraise, c'est de la **même** taille, mais ce n'est **pas de la même** couleur ; la mûre, c'est rouge très foncé presque noir.*

1. bateau / péniche

. . . .

. . . .

2. avion / planeur

. . . .

. . . .

3. football/rugby

. . . .

. . . .

4. âne / mulet

. . . .

. . . .

5. roman / nouvelle

. . . .

. . . .

6. pin / sapin

. . . .

. . . .

7. verre / tasse

. . . .

. . . .

3. Trouvez le sens de chaque expression.

1. Marianne est maigre comme un clou.
→ Elle a un grand cou. ☐
→ Elle est très maigre. ☐

2. Il est blanc comme un linge.
→ Il est très pâle parce qu'il a eu un problème. ☐
→ Il est malade. ☐

3. Il travaille comme un pied.
→ Il marche très vite. ☐
→ Il n'est pas efficace. ☐

4. Il a un œil de lynx.
→ Il voit très bien. ☐
→ Il voit la nuit comme les chats. ☐

5. J'ai une faim de loup.
→ Je ne mange que de la viande. ☐
→ J'ai vraiment très faim. ☐

6. C'est une langue de vipère.
→ Elle dit toujours du mal des autres. ☐
→ Elle adore les serpents. ☐

7. Il fait une chaleur d'enfer.
→ C'est le paradis. ☐
→ Il fait très chaud. ☐

8. Il est rapide comme l'éclair.
→ Il y a de l'orage. ☐
→ Il va très vite. ☐

4. Comparez ces deux annonces de maison.

MAISON ① Vends maison de 6 pièces, rénovée, 260 m², garage, cave, deux salles de bain, terrasse, terrain de 12 ares, proche commerce, 2,2 millions d'euros.

MAISON ② Vends maison, salle de séjour, salon, 4 chambres, 260 m², terrasse, 5 ares de terrain, très isolée, 1,8 M euros.

....

....

....

....

▌▐▌▌ À RETENIR

▶ Pour comparer, on peut utiliser :

– le comparatif d'égalité, d'infériorité ou de supériorité avec *aussi / autant / moins / plus* + adjectif + *que* ; *autant de / moins de / plus de + que*...

      Ex. : Il est *moins* âgé *que* toi.

      Ex. : Il y a *autant de* filles *que de* garçons dans cette classe.

– le superlatif avec *le plus* + adjectif ou *meilleur* (= superlatif de *bon*), *pire* (= superlatif de *mauvais*) ;

      Ex. : C'est le *meilleur* film que je connaisse.

▶ On peut utiliser :

– des conjonctions ou des locutions adverbiales *comme, de la même façon, de la même manière* ;

      Ex. : Ce garçon est *comme* un ouragan.

      Ex. : Tout le monde parle *de la même façon*.

– des adjectifs : *identique, pareil, semblable, différent* ;

      Ex. : Cette jeune fille est très *différente* de sa sœur.

– ainsi que les verbes qui correspondent *se ressembler, différer*.

▶ On peut comparer de façon implicite sans mot pour marquer la comparaison.

      Ex. : Cette fille, c'est Calamity Jane.

▶ Il existe des expressions qui renforcent l'idée que deux choses sont identiques :

      – *C'est du pareil au même.*

▶ Beaucoup d'expressions imagées se construisent avec *comme* :

      – *être fort comme un turc.*

      – *être rouge comme une tomate.*

      – *être riche comme Crésus.*

▶ Mais on peut également comparer sans utiliser *comme*.

      Ex. : *C'est une armoire à glace.* = Il est très grand et fort.

      Ex. : *C'est une langue de vipère.* = Une personne qui dit du mal des autres.

      Ex. : *Un Don Juan* = un séducteur.

▌▐▌▌ NOTES

....

....

....

....

👁 Lisez et observez

1. Histoire d'énerver un peu plus Claude, je lui ai dit qu'il n'était pas sérieux.
2. Dans la perspective de rénover ce programme, je vous demande de m'envoyer toutes vos remarques.
3. Vous avez soutenu une thèse en vue d'obtenir un doctorat en 2004.
4. Pour que tout soit prêt le 15 pour la fête, il faut commencer à préparer le 10.
5. Si je te prête ma voiture, c'est pour que tu ailles chercher ta sœur.
6. De crainte d'être en retard, je suis parti une heure à l'avance.
7. Vous avez tout fait de manière à ce que tout le monde se décourage.
8. J'ai besoin d'une attestation de licence pour m'inscrire en *master*.
9. Afin qu'il n'y ait pas de malentendu, je vous lis le contrat.
10. De façon à éviter toute dispute, je ne parle plus à Karl.
11. Karim a fait tout cela avec l'intention de faire plaisir à sa mère.

◎ Découvrez le fonctionnement de la langue

1. Relevez toutes les expressions qui se construisent avec *de* et expriment le but.

....

....

2. Quel temps utilise-t-on après *pour que*, *afin que* ?

....

3. Est-ce qu'il y a une différence de sens entre ces deux expressions ? Oui ☐ Non ☐

4. Y a-t-il une différence de sens entre *de façon à* et *de manière à* ? Oui ☐ Non ☐

5. Comparez la phrase 5 et la phrase 8. Combien de personnes sont concernées dans ces deux phrases ?

	une personne	deux personnes
Phrase 5	☐	☐
Phrase 8	☐	☐

✏ Exercez-vous

1. Faites des phrases en associant deux éléments.

1. Pour que tout soit dit
2. Afin de vous éviter un déplacement
3. Nous nous rencontrerons à 15 heures
4. De façon à préparer un dossier sérieux
5. De manière à faciliter les choses
6. Nous avons revu le dossier
7. Dans la perspective d'une discussion de la loi sur le tabac

A. pour que vous puissiez prendre le train de 17 heures 30.
B. nous travaillerons par téléphone.
C. j'ai réuni un ensemble de documents.
D. vous me préparerez un dossier sur ce thème.
E. j'ai déjà parlé avec nos partenaires.
F. dans la perspective d'une nouvelle réunion.
G. je vais ajouter cela.

1. ....
2. ....
3. ....
4. ....
5. ....
6. ....
7. ....

2. Continuez les phrases pour exprimer un but.

1. Dans la perspective d'un voyage d'études, vous devez ....
2. Afin de régler ce problème entre deux amis, ...
3. De crainte d'être mal compris, le ministre ....
4. Histoire de rire un peu, ...
5. De façon à éviter toute polémique, les députés ....
6. Afin que tu n'arrives pas en retard, ...
7. Si je travaille autant, c'est pour ....

3. Complétez les phrases.

1. J'ai acheté une voiture afin de ....
2. Nous ferons une fête vendredi soir, histoire de ....
3. Je ne favoriserai personne de crainte de ....
4. Je vous explique ce problème en détail afin que ....
5. Nous avons tout organisé de façon à ....

4. Complétez avec un connecteur afin d'exprimer le but.

1. .... tout soit prêt à 19 heures, j'ai commencé à faire la cuisine à 15 heures.

2. Je me suis adressé à une agence immobilière . . . . d'acheter une maison.

3. Le maire a réuni tous les partenaires . . . . de créer un complexe sportif.

4. J'ai tout vérifié trois fois . . . . être sûr de ne rien oublier.

5. J'ai fait beaucoup travailler ces étudiants . . . . ils réussissent leur examen.

6. Héloïse a trouvé des cadeaux originaux . . . . de faire plaisir à tous ses amis.

7. . . . . je vous ai réuni ce soir, ... vous annoncer ma décision.

▌▍▏ À RETENIR

▶ Pour exprimer le but, on utilise :

– *pour* + verbe à l'infinitif ;

> Ex. : *Pour diminuer* le nombre d'accidents de voiture, on a baissé la limitation de vitesse.

– des groupes prépositionnels *afin de*, *en vue de*, *dans le but de*, *dans la perspective de* + nom ou verbe à l'infinitif ;

> Ex. : J'ai tout préparé *dans la perspective de* la réunion de demain.
>
> Ex. : Il a déposé un dossier *en vue d*'obtenir une carte de séjour.

– *avec l'intention de*, *histoire de*, *de façon à*, *de crainte de*, *de peur de* + verbe à l'infinitif ;

> Ex. : Il a écrit cette lettre *avec l'intention de* me nuire.
>
> Ex. : *Histoire de* distraire Anna, je l'ai emmenée au cinéma.
>
> Ex. : Ils lui ont proposé ce voyage *de façon à* la distraire.
>
> Ex. : *De peur de* rater l'avion, elle part toujours deux heures trop tôt.

– des conjonctions *pour que*, *afin que*, *de manière à ce que* + subjonctif ;

> Ex. : *Pour que tu comprennes* bien, je t'explique tout de nouveau.
>
> Ex. : Nous reprenons le déroulement de la cérémonie *de manière à ce que* tout *soit* clair.

– l'expression *si…*, *c'est pour…* permet d'insister sur une action effectuée par rapport à un but.

> Ex. : J'ai acheté une voiture pour partir en vacances. *Si* j'ai acheté une voiture, *c'est pour* partir en vacances.

▶ Lorsque le sujet est le même dans les deux parties de la phrase, on peut utiliser *pour* ou *afin de* avec l'infinitif.

> Ex. : Je travaille *pour avoir* mon examen.

Lorsqu'il y a deux sujets, on utilise *pour que* ou *afin que* suivi d'un subjonctif.

> Ex. : Je vous ai installé dans cette chambre *afin que* vous *soyez* au calme.

▌▍▏ NOTES

. . . .

. . . .

. . . .

. . . .

👁 Lisez et observez

1. Au cas où votre passeport serait périmé, il faudrait dix jours pour le renouveler.
2. En cas de mauvais temps, la fête aura lieu dans le gymnase.
3. Deux jours de plus et je ratais cette occasion.
4. Sans amis, il serait difficile d'être heureux.
5. Si vous aviez pris votre billet plus tôt, vous ne l'auriez pas payé aussi cher.
6. On ferait une partie de yams si tu avais fini ton travail.
7. Avec votre appui, je gagnerai cette élection.
8. Supposons qu'il ne vienne pas, qu'est-ce que nous ferions ?
9. On prend la voiture, on y est en cinq minutes.
10. Tu écoutais Jean-Marie, tu ne faisais pas cette erreur.
11. En contactant l'office HLM, tu aurais trouvé un appartement.

◎ Découvrez le fonctionnement de la langue

Phrases 1 et 2. S'agit-il dans ces phrases d'une éventualité ?   Oui ☐ Non ☐

Phrase 3. La phrase signifie-t-elle « J'ai attendu deux jours et j'ai raté cette occasion » ?   Oui ☐ Non ☐

Phrase 4. La phrase signifie-t-elle « Si vous n'avez pas d'amis, il est difficile d'être heureux » ?   Oui ☐ Non ☐

Phrase 5. Est-ce que la personne a payé son billet cher ?   Oui ☐ Non ☐

Phrase 6. Est-ce que la personne a fini son travail ?   Oui ☐ Non ☐
Est-ce qu'on parle du présent ou du passé ? . . . .

Phrase 7. Est-ce que cette phrase a le même sens que « Si j'ai votre appui, je gagnerai cette élection » ?   Oui ☐ Non ☐

Phrase 8. On sait qu'il ne va pas venir ?   Oui ☐ Non ☐

Phrase 9. Peut-on transformer la phrase ainsi « Si on prend la voiture, on y sera en cinq minutes » ?   Oui ☐ Non ☐

Phrase 10. Peut-on dire « Si tu avais écouté Jean-Marie, tu n'aurais pas fait cette erreur » ?   Oui ☐ Non ☐

Phrase 11. Est-ce que « Si tu avais contacté l'office HLM » a le même sens que « En contactant l'office HLM » ?   Oui ☐ Non ☐

Exercez-vous

1. Mettez en relation un élément de chaque colonne et écrivez la phrase.

1. Tu téléphonais à Annie
2. Avec un peu d'humour
3. On va au restaurant tout de suite
4. Tu choisissais une autre destination
5. Au cas où tu rates le train et que tu arrives tard ici
6. Si j'avais su quelles étaient les conditions de travail

A. on peut traverser des situations difficiles.
B. tu trouvais un billet pas cher.
C. je te laisse l'adresse de l'hôtel.
D. elle venait te chercher.
E. je ne serais jamais venu.
F. on sera à la maison à 10 heures.

1. ....
2. ....
3. ....
4. ....
5. ....
6. ....

2. Créez des phrases à partir des informations données.

Exemple : Pas d'électricité / impossible d'utiliser la machine à laver.
→ *Sans électricité, il serait impossible d'utiliser la machine à laver.*

1. Mauvais temps / pas d'excursion sur le lac

....

2. Écouter le professeur / réussir l'examen

....

3. Moins de problèmes économiques / gens plus heureux

....

4. Grève des trains / voyage à Marseille en voiture

....

5. Victoire équipe de France en 2006 / nouvel élan pour le football français

....

6. Courses au supermarché / économie

....

7. Charter / voyage en Inde pas cher

....

8. Pas de publicité / monde triste

....

3. Complétez avec *si – à condition de – à condition que.*

1. J'irai avec toi .... tu t'habilles correctement.

2. .... tu trouves un disque de Zazie, tu pourras me l'acheter ?

3. Nous irons au restaurant .... tu as fini ton travail.

4. On peut apprendre facilement une langue étrangère .... y consacrer du temps.

5. .... tu as terminé ton livre, on va au cinéma.

6. On peut devenir français .... avoir passé trois ans en France.

7. .... j'avais joué au loto, j'aurais sans doute gagné.

8. Je veux bien t'aider .... toi aussi, tu fasses un effort.

4. Continuez les phrases en formulant une hypothèse ou une condition.

1. En voyageant beaucoup, ...

2. Si j'avais été plus prudent ....

3. Tu te réveillais à 7 heures ....

4. Si tu sors ce soir, ...

5. Avec un peu de chance ....

6. Tu rencontrais Claire plus tôt ....

7. Si tu vas dans une librairie, ...

8. Au cas où il y aurait des grèves, ...

9. Si j'étais arrivé le premier ....

10. Sans ton aide ....

11. Au cas où vous ne pourriez pas trouver de vol pour Bruxelles ....

....

12. On aurait pris le métro, ...

13. En prenant le premier train du matin, ...

14. Avec du bon sens, ...

▌▌▌▌ À RETENIR

▶ Pour exprimer l'hypothèse ou la condition, on utilise :

– *avec / sans / en cas de* + nom ;

       Exemples : *Avec* de l'argent, on pourrait tout faire.

               Sans travail, il serait difficile de trouver un appartement.

               En cas de pluie, on ne peut pas aller pêcher.

– *À condition de* + infinitif ;

       Exemple : On va au restaurant *à condition* de ne pas rentrer trop tard.

– *Au cas où* + conditionnel, *à condition que* + subjonctif expriment une éventualité.

> Exemples : *Au cas où* tu trouverais un disque de Ferré, achète-le moi.
>
> J'irai avec toi *à condition que* tu sois prêt à 8 heures.

– *en* + participe présent.

> Exemple : *En réfléchissant* plus, j'aurais trouvé la bonne réponse.

▶ Les structures avec *si* expriment l'hypothèse.

1. *Si* + présent / futur exprime une hypothèse pour un moment futur.

> Exemple : *Si tu as* le temps, *nous irons* faire une promenade cet après-midi.
>
> (Cela veut dire qu'au moment où je parle, je ne sais pas encore si tu auras le temps.)

2. *Si* + imparfait / conditionnel s'applique au moment présent.

> Exemple : *Si tu travaillais* plus, *tu aurais* de meilleures notes.
>
> (Cela veut dire que tu ne travailles pas beaucoup et que tu n'as pas de bonnes notes.)

On appelle souvent cette formulation l'irréel du présent.

3. *Si* + plus-que-parfait / conditionnel passé s'applique au passé.

> Exemple : *Si tu avais écouté* le professeur, *tu aurais compris* cette leçon.
>
> (Cela veut dire que tu n'as pas écouté et que tu n'as pas compris.)

On appelle souvent cette formulation l'irréel du passé.

4. *Si* peut exprimer la condition et peut être renforcé par *seulement*. Dans ce cas *si...* apparaît plutôt en deuxième partie de la phrase.

> Exemples : Je vais déjeuner avec toi *si* on va dans un restaurant végétarien (= à condition qu'on aille dans un restaurant végétarien).
>
> Je vais avec toi au cinéma seulement *si* on y va à 18 heures (= à condition qu'on y aille à 18 heures).

▶ L'hypothèse peut également être exprimée dans des phrases sans *si*, en particulier à l'oral.

> Exemples : Tu prends le RER, tu arrives plus vite qu'en taxi.
>
> (= Si tu prends le RER, tu arriveras plus vite qu'en taxi.)
>
> Tu jouerais au loto tous les jours, tu gagnerais.
>
> (= Si tu jouais tous les jours, tu gagnerais.) Sous-entendu : Tu ne le fais pas.
>
> Tu prenais le boulevard extérieur, tu arrivais en 15 minutes.
>
> (= Si tu avais pris le boulevard extérieur, on serait arrivé en 15 minutes.)
>
> On serait passé par Orléans, on aurait gagné une heure.
>
> (Si on était passé par Orléans, on aurait gagné une heure.) Sous-entendu : dans les deux cas, on ne l'a pas fait.

▮▮▮ Notes

. . . .

. . . .

. . . .

. . . .

. . . .

. . . .

Chapitre 10
Discours et reprises

👁 Lisez et observez

On note que de plus en plus de foyers sont équipés d'Internet. Ce développement d'Internet a plusieurs conséquences. On s'en sert pour communiquer personnellement ou professionnellement, mais cet usage n'est pas le seul : les achats sur Internet augmentent sans arrêt, à tel point que plusieurs sociétés se sont créées pour répondre à ce besoin. L'explosion des jeux sur Internet est un autre phénomène notable. Quand on parle de ce sujet, la même question revient toujours : est-ce qu'Internet favorise la communication ou renforce l'isolement des personnes ?

Il n'est pas aisé de donner une réponse tranchée, en effet on constate que s'instaurent sur Internet de nouveaux modes de discussion entre les gens et ces pratiques rapprochent plutôt qu'elles n'isolent. Si l'on se situe dans cette perspective, on ne peut être qu'optimiste.

Soulignez tous les noms qui reprennent un nom, une phrase ou une idée du texte.

◎ Découvrez le fonctionnement de la langue

Que reprennent *ce développement*, *cet usage*, *ce besoin*, *ce sujet*, *ces pratiques*, *cette perspective* ? **Citez la phrase ou l'idée.**

. . . .

. . . .

. . . .

✏ Exercez-vous

1. Soulignez le mot qui reprend l'idée énoncée dans la phrase précédente.

1. Patrick Morel s'est noyé en Bretagne ce matin, sa disparition affecte le milieu des affaires, il était PDG de FRILOU SA.
2. Deux hommes ont enlevé l'ambassadeur du Zooland. Leur acte s'inscrit dans le programme terroriste du groupe Zoofree.
3. Dans ce quartier, 10 000 logements vont être construits. Cette perspective d'urbanisation permettra d'améliorer très largement les conditions de vie dans cette banlieue.
4. Le premier ministre a exposé ce qu'il comptait faire dans les six mois à venir, son programme paraît très pragmatique.
5. Vous avez triché pour obtenir ce contrat, ces pratiques sont inacceptables.

2. Complétez en choisissant un des mots proposés.

1. Le prince Régnier de Monaco est mort il y a deux ans. Sa . . . . a marqué la fin d'une époque à Monaco.
   → fait /circonstance / disparition

2. Deux hommes ont attaqué une banque hier. Arrêtés par la police, ils ont reconnu leurs ....
→ fonctions / actes / faits

3. Pour apprendre une langue étrangère, il suffit de parler avec les gens du pays. Cette .... est très efficace.
→ méthode / action / façon

4. Madame Favrote sera sans doute candidate à l'élection présidentielle. Cette .... modifie l'équilibre des partis traditionnels.
→ opération / perspective / fonction

5. Je ne veux qu'une chose : que ma famille et mes amis soient heureux. Je poursuis ce .... sans relâche.
→ fait / but / acte

6. L'équipe de France a gagné contre l'Espagne 2 à 1. Le président de la République a salué cet ....
→ exploit / acte / effet

7. Arcilor a vendu 20 % de ces actions à la société Varum. Cette .... a rapporté 3 milliards d'euros.
→ entreprise / méthode / opération

8. Avec cette .... , vous aurez le téléphone gratuit.
→ action / installation / démonstration

9. Regarde ce bâtiment, c'est hallucinant. Ce nouveau .... a été créé par un architecte chinois.
→ concept / événement / aperçu

10. Dans ce film, le héros quitte tout pour changer de vie. Ce .... ne m'a pas enthousiasmé, mais j'ai trouvé la suite passionnante.
→ fait / but / début

3. Mettez le déterminant qui convient devant les noms.

1. Une femme est entrée soudainement, ... femme portait un tailleur rouge.

2. Il y a eu un incendie dans le centre-ville, ... événement a fait la une du journal local.

3. J'ai vu deux hommes dans le bureau, ... homme le plus âgé avait un visage familier.

4. Cette série d'émissions va se terminer dans deux semaines, ... dernière est prévue le 18 juin.

5. J'ai vu Jean hier, ... femme l'a quitté.

6. Vous me proposez 3 000 euros, ... proposition me semble intéressante.

7. Il y a beaucoup d'étudiants étrangers dans cette ville, ... étudiants que j'ai rencontrés sont chinois et vietnamiens.

8. Le départ du premier ministre s'est déroulé dans des circonstances particulières, la presse commente largement .... circonstances.

9. Vous partez jeudi, ... départ coïncidera avec le début de l'été.

10. Je vais changer de travail à la fin du mois. .... perspective me rend très joyeux.

▊▊▊ À RETENIR

▶ Quand on veut reprendre un élément dans un texte, on peut reprendre le même nom, mais en faisant varier le déterminant : article défini, adjectif possessif, démonstratif.

> Exemples : *Un homme* arrive, *l'*homme marche très vite.
> J'ai croisé *la tante de Julie. Sa* tante travaille à l'hôpital.
> Il y a eu *un événement* curieux. *Cet* événement s'est passé il y a 10 ans.

▶ On peut également reprendre un mot en utilisant un équivalent.

Certains mots sont très utiles car ils permettent de reprendre un autre mot ou une phrase.

Pour reprendre un des moments du déroulement d'une action, on utilise :
– *le début, la fin, l'épilogue, le cœur de l'intrigue…*

Pour reprendre quelque chose qui s'est passé, un événement qui s'est produit, on utilise :
– *fait* ;
– *acte*, si c'est quelqu'un qui agit ;
– *action*.

> Exemple : Le retrait des troupes a engendré une reprise du conflit et l'arrêt des négociations. *Ce fait* dure depuis une semaine.

Pour reprendre une réflexion, une pensée, on utilise :
– *idée, concept.*

Pour reprendre quelque chose qui est tourné vers l'avenir, on utilise :
– *perspective, but.*

Pour reprendre une façon de faire, on utilise :
– *méthode.*

Pour reprendre un fait remarquable, on utilise :
– *exploit.*

▊▊▊ NOTES

....
....
....
....
....
....

👁 Lisez et observez

1. C'est la maison à laquelle je rêve depuis toujours.
2. Ce livre, c'est celui dont je t'ai parlé.
3. Les enfants de mes amis, ce sont ceux qui me plaisent le plus.
4. – Tu as vu ces deux robes ? Laquelle préfères-tu ?
   – Je préfère celle-là.
5. J'ai parlé à Jacques, c'est lui qui peut vous aider.
6. La ville où j'ai habité pendant 10 ans était très calme.
7. C'est un problème auquel je n'avais pas pensé.
8. Je crois que ce n'est pas ma veste, c'est la tienne.
9. Tu connais mes amis. Quel est celui que tu aimes le plus ?
10. C'est l'étudiante pour laquelle j'ai apporté ces livres.
11. Pierre et Mireille vont bien, je leur ai parlé tout à l'heure. Nous allons partir en vacances avec eux.
12. Tu as de la colle, tu peux m'en passer ?
13. C'est exactement la voiture dont j'ai besoin.
14. Ce dont je suis sûr, c'est que Claude ne viendra pas.
15. Passe-moi un plat, n'importe lequel.
16. Il y a beaucoup d'étudiants, j'en connais plusieurs.
17. Tout le monde pense d'abord à soi.

◎ Découvrez le fonctionnement de la langue

1. Pour chacune des phrases, relevez les pronoms et le nom qu'ils remplacent.

Pronoms

	personnels	relatifs	démonstratifs	possessifs	interrogatifs	indéfinis
Phrase 1	....	....	....	....	....	....
Phrase 2	....	....	....	....	....	....
Phrase 3	....	....	....	....	....	....
Phrase 4	....	....	....	....	....	....
Phrase 5	....	....	....	....	....	....
Phrase 6	....	....	....	....	....	....
Phrase 7	....	....	....	....	....	....
Phase 8	....	....	....	....	....	....

fiche 2 Les reprises pronominales

Pronoms

	personnels	relatifs	démonstratifs	possessifs	interrogatifs	indéfinis
Phrase 9	....	....	....	....	....	....
Phrase 10	....	....	....	....	....	....
Phrase 11	....	....	....	....	....	....
Phrase 12	....	....	....	....	....	....
Phrase 13	....	....	....	....	....	....
Phrase 14	....	....	....	....	....	....
Phrase 15	....	....	....	....	....	....
Phrase 16	....	....	....	....	....	....
Phrase 17	....	....	....	....	....	....

✏ Exercez-vous

1. Relevez dans le tableau tous les pronoms.

1. Cette année, le festival de Cannes a réservé des surprises. Il s'est terminé hier et c'est Ken Loach qui a obtenu la Palme d'or. C'est le réalisateur auquel on ne pensait pas pour cette récompense. Moi, j'ai préféré le film d'Almodovar, dans celui-ci, les actrices sont extraordinaires, en particulier Pénélope Cruz qui est une grande amie du réalisateur espagnol. Je l'ai rencontrée hier soir, elle était un peu déçue.

2. Tu fais tes courses dans un supermarché ? Dans lequel tu vas ?

3. C'est un livre pour lequel j'ai beaucoup travaillé.

4. Les recherches que fait Jean-Marc m'intéressent beaucoup, je pense que je vais travailler avec lui.

5. Je n'aime pas trop cette plante, je préfère celle-là.

6. Merci de m'avoir envoyé les photos de notre séjour en Inde, je vais t'envoyer les miennes.

Pronoms

	personnels	relatifs	démonstratifs	possessifs	interrogatifs	indéfinis
Texte 1	....	....	....	....	....	....
	....	....	....	....	....	....
Phrase 2	....	....	....	....	....	....
	....	....	....	....	....	....
Phrase 3	....	....	....	....	....	....
	....	....	....	....	....	....

Pronoms

	personnels	relatifs	démonstratifs	possessifs	interrogatifs	indéfinis
Phrase 4	....	....	....	....	....	....
	....	....	....	....	....	....
Phrase 5	....	....	....	....	....	....
	....	....	....	....	....	....
Phrase 6	....	....	....	....	....	....
	....	....	....	....	....	....

2. Complétez ce texte avec le pronom qui convient.

1. C'est la fille .... je t'ai parlé.

2. Nous allons dans un endroit .... il fait jour toute la nuit.

3. C'est le livre .... il a consacré une bonne partie de sa vie.

4. Maxime et Claire partent en Grèce, je pense partir avec ....

5. Jeanne veut te demander quelque chose, réponds-..................... .

6. Cette voiture ne me paraît pas très performante, ... me semble mieux.

7. C'est votre valise ? Non, ... est bleue.

8. Il y a un problème .... je ne t'ai pas encore parlé.

9. .... me gêne dans cette histoire, c'est d'apprendre les choses après tout le monde.

10. L'amie à .... j'ai envoyé un cadeau vient de m'appeler.

11. Si vous n'aimez pas cette veste, vous avez .... qui est encore moins chère.

12. Ici, c'est chacun pour ....

3. Faites des phrases avec un élément de chaque colonne.

1. Voici la photo
2. Ce qui m'intéresse
3. Donne-moi ton passeport
4. Nous avons de très bons vins,
5. Je ne crois pas que ce soient les enfants de Robert,
6. C'est le village
7. Je suis allée sur une plage
8. Vous avez ces deux modèles
9. Je n'aime pas ce stylo
10. Vous voulez les places au deuxième rang

A. dont Yves parle comme d'un endroit génial.
B. je vous propose de goûter celui-ci.
C. à laquelle je pensais pour la couverture.
D. le mien est dans mon sac.
E. ou celles-là ?
F. et celui-ci encore.
G. c'est de découvrir de nouveaux pays.
H. le mien écrit mieux.
I. où il n'y avait personne.
J. les siens sont beaucoup plus petits.

Les reprises pronominales

1. ....
2. ....
3. ....
4. ....
5. ....
6. ....
7. ....
8. ....
9. ....
10. ....

4. Complétez avec le pronom qui convient.

1. Je voudrais un magazine de sport. Vous .... avez ?

2. Marco est parti ce matin, c'est Marianne .... me l'a dit.

3. Je ne veux pas cette bicyclette, je veux ....

4. Nous avons deux modèles de téléviseurs en promotion. Vous voulez .... ?

5. C'est une solution à .... je n'avais pas pensé.

6. Mon portable ne marche plus, il n'a plus de batterie. Tu peux me prêter .... ?

7. C'est un travail .... je suis très fière.

8. Vous avez deux appartements disponibles. Vous préférez ....
   ou .... ?

9. Les candidats pour .... j'avais voté n'ont pas été élus.

10. .... je rêve, c'est de partir une semaine en vacances.

▌▌▌▌À RETENIR

Plusieurs types de pronoms permettent de reprendre un nom.

▶ Les pronoms personnels

– *il, elle, ils, elles, eux* ;
> Exemple : Marielle et Jean, je ne connais qu'*eux*.

– *lui-même, elle-même, eux-mêmes, elles-mêmes. Même* renforce le pronom.
> Exemple : Dans sa maison, Jane a fait les travaux *elle-même*.

– *soi, soi-même*, qui remplacent *on, chacun,* une personne non identifiée.
> Exemple : On n'est jamais mieux servi que par *soi-même*.

– *lui, leur, en, le, l'* ;
> Exemple : Des amis, j'*en* ai beaucoup.

– *lui, elle, eux, elles,* après une préposition.
> Exemple : Tu connais les Bez, je vais au cinéma avec *eux*.

Les reprises pronominales

▶ **Les** pronoms relatifs

– *qui, que, dont, où*;
> Exemple: Le livre *dont* je te parle est génial.

– *auquel, à laquelle, auxquels, auxquelles*, construits avec la préposition *à*:
> Exemple: La fille *à laquelle* je pense est jolie.

– *duquel, de laquelle, desquels, desquelles*, construits avec la préposition *de*:
> Exemple: Le livre *duquel* est tiré ce film s'appelle *Orengo*.
> Le livre *dont* est tiré ce film s'appelle *Orengo*.

– *lequel, laquelle, lesquels, lesquelles* qui peuvent être précédés par les prépositions *avec* ou *pour*;
> Exemple: La cause *pour laquelle* je lutte ressemble à la tienne.

– *celui / celle / ceux / celles qui*;
> Exemple: Les meilleurs joueurs de football sont *ceux qui* commencent jeunes.

– *ce qui, ce que, ce dont*;
> Exemple: *Ce dont* je me souviens, c'est que Charles est arrivé très fâché.

▶ **Les** pronoms démonstratifs

– *ceci, cela, ça, ce, c'*;
> Exemple: Si vous regardez le soleil, *cela* peut provoquer des troubles de la vue.

– *celui-ci, celle-ci, ceux-ci, celles-ci, celui-là, celle-là, ceux-là, celles-là*;
> Exemple: Vous préférez quelle jupe? *Celle-ci* ou *celle-là*?

▶ **Les** pronoms indéfinis

– *tout, chacun, plusieurs, aucun, même* (précédé de *le, la, les*), *un autre, certains*.
> Exemple: J'adore tes chaussures, je veux les *mêmes*!

▶ **Les** pronoms possessifs

– *le mien, le tien, le sien, le nôtre, le vôtre, le leur*
la mienne, la tienne, la sienne, la nôtre, la vôtre, la leur
les miens, les miennes
> Exemple: Tu as trouvé des clés? Mais ce sont *les miennes*.

▶ **Les** pronoms interrogatifs

– *lequel, laquelle, lesquels, lesquelles*.
> Exemple: Il y a deux sorties sur l'autoroute, on prend *laquelle*?

▮▮▮▮ NOTES

....

....

....

....

....

....

Chapitre 11

Les types de textes

👁 Lisez et observez

1. Étroite bande de terre montagneuse qui sépare le golfe de Thaïlande de la mer d'Andaman, l'isthme de Kra est traversé dans sa partie nord par la frontière entre la Thaïlande et la Birmanie. Au niveau de Ranong, à l'extrême sud de la Birmanie, il ne mesure plus que vingt-deux kilomètres ; il s'élargit ensuite progressivement pour former la péninsule malaise.

MICHEL HOUELLEBECQ, *Plateforme*, Éd. Flammarion, 2001.

2. Vers la fin de l'après-midi, Esther est revenue sur la place. La plupart des gens étaient partis mais, du côté des tilleuls, il y avait un groupe de garçons et de filles. Quand elle s'est approchée, Esther a entendu le bruit de la musique d'accordéon. Au milieu de la place, près de la fontaine, il y avait des femmes qui dansaient entre elles, ou bien avec de très jeunes garçons qui leur arrivaient à l'épaule. Les soldats italiens étaient debout devant l'hôtel, ils fumaient en écoutant la musique.

JEAN-MARIE GUSTAVE LE CLÉZIO, *Étoile errante*, Éd. Gallimard, 1992.

3. C'est à Toulouse que l'expérience trouve son symbole – le groupe musical Zebda (« beurre » en arabe) – et ses origines : une association des quartiers Nord, *Vitécri*, créée en 1982 par une éducatrice du club de prévention des quartiers nord, *Maïté Débats*. Le projet est d'abord culturel puisqu'il vise à donner la parole aux jeunes des quartiers populaires à travers des activités socio-éducatives. Il accompagne le mouvement des marches des *beurs** des années 1980. Sous l'impulsion du groupe Zebda, il débouche en 1981 sur un festival des quartiers nord qui mobilise les jeunes pour les inciter à la citoyenneté et transmettre par la pratique les valeurs républicaines de laïcité, tolérance et ouverture. Depuis son premier disque en 1992, ce groupe s'est fait remarquer par ses textes engagés, jusqu'à sa participation au disque collectif *Motivés* en 2001.

* Beur : terme familier, passé dans l'usage courant, pour désigner les personnes d'origine nord-africaine vivant en France.
D'après *La France rebelle*, XAVIER CRETTIEZ et ISABELLE SOMMIER, Éd. Michalon, 2002.

4. Qu'est-ce qu'un passeport biométrique ?

C'est un passeport infalsifiable, il est équipé d'une puce qui contient les données concernant la personne et la photo, plus tard, il y aura également les empreintes digitales et de l'iris. La photo est imprimée et non plus collée, elle est imprimée une deuxième fois sur le texte en caractères sécurisés, c'est ce qui rend le passeport infalsifiable.

5. Nous participons tous au réchauffement de la planète. En effet, tous les produits et les appareils présents dans nos maisons génèrent du CO_2 soit lors de leur fabrication, de leur transport, de leur usage et de leur élimination.

En tête, nous trouvons la voiture et le chauffage au fioul qui émettent plusieurs tonnes d'équivalent carbone par an, ensuite tous les appareils ménagers. Enfin la fabrication ou le transport des produits que nous consommons génère également du CO_2.

◎ Découvrez le fonctionnement des textes

	Texte	1	2	3	4	5
1. Quel texte décrit : un objet ?		☐	☐	☐	☐	☐
un lieu ?		☐	☐	☐	☐	☐
une scène ?		☐	☐	☐	☐	☐
un phénomène scientifique ?		☐	☐	☐	☐	☐
un fait de société ?		☐	☐	☐	☐	☐

2. Quels sont les temps verbaux les plus utilisés ?
Indiquez pour chaque temps et chaque texte le nombre de fois où il est utilisé.

	Texte 1	Texte 2	Texte 3	Texte 4	Texte 5
Présent					
Passé composé					
Imparfait					
Plus-que-parfait					
Futur					
Passif					

Texte 2

Indiquez ce qui correspond au récit et ce qui correspond à la description. Les temps utilisés sont-ils les mêmes ?

. . . .

Texte 3

Comment est-ce qu'on définit le groupe Zebda ? Relevez les passages qui renvoient à ces éléments.

	Oui	Non
Par l'historique ?	☐	☐

. . . .

| Par ses actions ? | ☐ | ☐ |

. . . .

| Par son engagement ? | ☐ | ☐ |

. . . .

Texte 5

Pourquoi est-ce que l'on n'utilise que le présent dans ce texte ?

. . . .

✎ Exercez-vous

1. Transformez les phrases en utilisant l'apposition.

EXEMPLE : L'isthme de Kra est une étroite bande de terre montagneuse qui sépare le golfe de Thaïlande de la mer d'Adaman, il est traversé dans sa partie nord par la frontière entre la Thaïlande et la Birmanie.

→ *Étroite bande de terre montagneuse qui sépare le golfe de Thaïlande de la mer d'Andaman*, l'isthme de Kra est traversé dans sa partie nord par la frontière entre la Thaïlande et la Birmanie.

1. Marie est assistée par une solide équipe de collaborateurs, elle a tout pour réussir.

....

2. Le cent unième numéro du *Guide* est consacré à Hawaï, il est remarquablement conçu.

....

3. Je suis fatiguée par une longue journée de travail et je compte passer une soirée tranquille.

....

4. Je vis près de la frontière suisse où le chocolat est moins cher, je souhaiterais savoir s'il est d'aussi bonne qualité que le chocolat français.

....

....

5. Les calanques sont situées près de Marseille, elles ont un attrait touristique indéniable.

....

6. J'ai vu que tu n'étais pas d'accord, j'ai modifié le texte.

....

7. Je suis contente d'être arrivée, je t'envoie un petit bonjour.

....

2. Mettez les verbes au temps qui convient.

① J'*ai fait* un rêve, j'........................... (être) dans un pays inconnu, dans un village au milieu du désert. Il y (avoir) .... très peu de maisons, mais surtout des tentes très grandes. Des enfants (courir) .... en (rire) ...., ils (s'interpeller) .... dans une langue que je ne (connaître) .... pas. Bizarrement je (se sentir) .... très bien, tout le monde (sourire) .... et (avoir) .... l'air d'être heureux. Puis tout à coup un nuage de poussière (s'approcher) .... et tout (devenir) .... gris. C'est à ce moment-là que je (se réveiller) ....

② La tomate (être) . . . . une plante de 40 cm à 2 m de haut. (rapporter)

. . . . en Europe par les Conquistadors vers le xvie siècle, dans un premier

temps, elle (cultiver) . . . . comme plante ornementale et (considérer)

. . . . comme un poison.

On la (cultiver) . . . . pour ses fruits de formes diverses et de couleurs

variées ; leur grosseur (varier) . . . . selon les variétés. Elle (se consommer)

. . . . crue ou cuite, elle (contenir) . . . . de

nombreuses vitamines.

3. Remettez les paragraphes de ce texte dans l'ordre.

A. Autre élément : la représentation que l'on a du mariage a changé, ce n'est plus un passage obligé, beaucoup de gens préfèrent vivre seuls.

B. Enfin, quand on se marie, on se marie plus tard qu'avant, ceci s'explique par le fait que les jeunes quittent de plus en plus tard le foyer familial et entrent dans la vie active plus tard aussi.

C. Le nombre de mariages en France a diminué d'un quart en 30 ans, mais surtout le nombre de divorces dans la même période a quadruplé. Comment expliquer cette évolution de la famille en France ?

D. Par ailleurs, la situation économique peut aussi expliquer que l'on hésite à s'engager dans la vie à deux lorsqu'on connaît la précarité.

E. Il n'y a pas d'explication unique à ce phénomène mais la conjonction de plusieurs facteurs. Sans aucun doute, il faut d'abord considérer que les mœurs ont beaucoup évolué en 30 ans, il est désormais plus facile pour un couple de vivre ensemble sans être marié. De la même façon, le divorce est beaucoup mieux accepté qu'auparavant.

1	2	3	4	5

4. Sur une feuille à part, rédigez un texte à partir des éléments suivants :

Introduction → jeunes entrent de plus en plus tard dans la vie active

① niveau d'études plus élevé

② chômage des jeunes très important

③ précarité des emplois proposés

④ entreprises ne font pas confiance aux jeunes

Conclusion → revoir système de formation / changer les mentalités

Texte descriptif / explicatif

▌▌▌ À RETENIR

▐ Les textes descriptifs ont différents objectifs.

– On peut décrire une personne, un lieu, un objet, une scène, un phénomène scientifique, un fait de société.

– On peut décrire et expliquer un phénomène scientifique, un fait de société.

On peut trouver dans un texte une partie de description et une partie de récit, une partie de description et une partie d'appréciation (comparaison).

▐ Les outils de la description

– Le temps des verbes : en général, dans un texte descriptif, les verbes sont conjugués au présent, à l'imparfait, de façon moins fréquente au plus-que-parfait.

– L'apposition est relativement fréquente.

        Exemples : *Parti pour Lyon*, je suis arrivé à Paris.

                (= Je suis parti pour Lyon et je suis arrivé à Paris. L'avion n'a pas pu atterrir à Lyon.)

                Voyant que tu étais fâché, je suis parti. (= J'ai vu que tu étais fâché, je suis parti.)

                Située vers Lyon, Bourg est une ville moyenne sans intérêt particulier.

                (= Bourg est située vers Lyon, c'est une ville moyenne sans intérêt particulier.)

– Les propositions subordonnées relatives permettent d'apporter des précisions.

        Exemple : Cette ville *qui est située au Sud de la France* a une longue histoire.

– Les adjectifs sont nombreux dans les descriptions, ils apportent des informations sur une personne, un lieu, un objet. Tout en décrivant ils donnent souvent une appréciation.

        Exemple : Cette ville *agréable*, *verte*, *calme* est située à proximité de la mer.

– Les comparatifs permettent à la fois d'apprécier et de décrire, on les trouve assez fréquemment dans l'explication de phénomènes.

        Exemple : Pour les spécialistes il est *plus facile* de prévoir l'arrivée et la force des cyclones sur la côte ouest des États-Unis *que* les nouveaux phénomènes, tel que le Tsunami, en Asie du sud-est.

▐ La structure d'un texte descriptif / explicatif

Les textes descriptifs sont des textes souvent construits de façon linéaire, à partir de phrases simples. Les phrases s'enchaînent en utilisant peu de connecteurs.

        Exemples : Texte 1 → *Au niveau de*

                Texte 2 → *Vers la fin de, au milieu de*

                Texte 3 → *C'est à Toulouse, d'abord, depuis son premier disque*

▌▌▌ NOTES

. . . .

. . . .

. . . .

. . . .

. . . .

👁 **Lisez et observez**

1. À la nuit tombée, je retournai dans le hall de l'hôtel, où je croisai Lionel : il était couvert de coups de soleil et ravi de sa journée. Il s'était beaucoup baigné ; un endroit pareil, il n'aurait pas osé en rêver.

Michel Houellebecq, Plateforme, Éd. Flammarion, 2001.

2. Le soleil était tout près de la ligne des montagnes, derrière elles. Le ciel était devenu pâle, presque gris, et devant elles, les lourds nuages étaient massés. Comme elle avait cherché cela depuis un bon moment, Élizabeth aperçut tout à coup une sorte de clairière, sur une plate-forme au-dessus du torrent. Elle dit : « C'est là qu'on va passer la nuit. » Elle descendit un peu, jusqu'aux rochers qui surplombaient le torrent. Jamais Esther n'avait vu un endroit aussi joli.

Jean-Marie Gustave Le Clézio, Étoile errante, Éd. Gallimard, 1992.

3. Il m'a souri. Il m'a dit qu'il avait eu peur de manquer notre rendez-vous. Ce soir-là, on l'avait retenu plus tard que d'habitude. Et puis ses horaires de travail changeaient d'une semaine à l'autre. […] Je lui ai demandé quel était son travail. Il captait des émissions en langues étrangères et il en rédigeait la traduction et le résumé. Et cela pour un organisme dont je ne comprenais pas très bien s'il dépendait d'une agence de presse ou d'un ministère. On l'avait engagé pour ce travail parce qu'il connaissait une vingtaine de langues. J'étais très impressionnée, moi qui ne parlais que le français. Mais il m'a dit que ce n'était pas si difficile que cela. Une fois que l'on avait appris deux ou trois langues, il suffisait de continuer sur sa lancée.

Patrick Modiano, La Petite Bijou, Éd. Gallimard, 2001.

4. Un peu plus tard, le train s'arrêta, et, lentement une petite pancarte portant : « Saint-Brieuc », vint s'inscrire dans la portière. Le voyageur se dressa aussitôt, enleva sans effort du porte-bagages au-dessus de lui une valise à soufflets et, après avoir salué ses compagnons de voyage qui lui répondirent d'un air surpris, sortit d'un pas rapide et dévala les trois marches de son wagon.

Albert Camus, Le Premier Homme, Éd. Gallimard, 1994.

5. À Athènes, il fait très chaud. Le professeur ne veut pas l'accompagner à l'Acropole, il connaît ça par cœur, il est déjà venu trois fois, étudiant. Elle, c'est la première fois ; elle erre longtemps dans les rues puis parmi les ruines, elle feuillette le guide Bleu. Au musée, un fragment de vase lui rappelle un merveilleux cours sur Platon qu'avait fait le professeur quand elle était son élève – un cours lumineux sur l'amour.
Au Pirée, le lendemain, ils prennent le bateau.

Camille Laurens, Dans ces bras-là, P.O.L, 2000.

◎ **Découvrez le fonctionnement des textes**

1. Quels sont les temps verbaux les plus utilisés ?
Indiquez pour chaque temps et chaque texte le nombre de fois où il est utilisé.

	Texte 1	Texte 2	Texte 3	Texte 4	Texte 5
Présent	....	....	....	....	....
	....	....	....	....	....

	Texte 1	Texte 2	Texte 3	Texte 4	Texte 5
Imparfait					
Passé composé					
Plus-que-parfait					
Passé simple					

Texte 1

Parmi les deux phrases « je retournai dans le hall » et « il était couvert de coups de soleil », laquelle indique une action et laquelle indique un état ?

une action : ....

un état : ....

Texte 2

1. Soulignez les verbes qui indiquent une action.

2. Quel est le temps employé ? ....

Texte 3

1. Quels sont les temps utilisés après « il m'a dit », « je lui ai demandé » ?

....

2. Quel temps indique une action antérieure à une autre ?

....

3. Quel temps est utilisé pour indiquer ce que fait le personnage comme travail ?

....

Texte 4

1. Quel est le temps utilisé dans cet extrait ? ....

2. Qu'est-ce qu'indique « après avoir salué » par rapport à « il sortit » ?

la simultanéité ☐   l'antériorité ☐   la postériorité ☐ ?

Texte 5

1. Dans ce texte, on raconte l'histoire à quel temps ?

....

2. Qu'est-ce que le verbe à l'imparfait et celui au plus-que-parfait indiquent ?

....

✎ Exercez-vous

1. Mettez les verbes de ces deux textes aux temps qui conviennent.

① Je (arriver) . . . . le lundi 16 juin à Brest. Je (venir) . . . .
passer deux semaines de vacances. Je (installer) . . . . à l'hôtel, puis je
(sortir) . . . . voir un peu la ville. Il (faire) . . . .
froid, les gens (marcher) . . . . vite, pressés de rentrer chez eux. Je me
(demander) . . . . pourquoi j'(choisir) . . . .
cette ville, mais j'(avoir) . . . . besoin de vacances et j'(choisir) . . . . . .
. . . . un peu au hasard.

② Quand j'(voir) . . . . Amalia hier, elle m(dire) . . . .
qu'elle (trouver) . . . . un appartement au centre ville. Elle (être) . . . .
. . . . très contente. Nous (prendre) . . . .
un café ensemble au Café du commerce. Elle m'(raconter) . . . . ce
qu'elle (faire) . . . . cette année, elle (trouver) . . . .
un travail dans une association écologique. Nous (passer) . . . . un bon
moment ensemble.

2. Complétez ce texte avec : *maintenant, au début, il y a, pendant, à l'époque, puis, alors, à partir.*

J'ai vécu . . . . dix ans à Paris et puis, ... deux ans je me suis
installé dans ce village. , tout a changé dans ma vie, j'ai eu du mal à
m'adapter . . . . , ... petit à petit, j'ai trouvé un autre rythme
de vie, je me suis mis à faire du sport, je travaillais . . . . pour une entreprise
parisienne à distance et je me suis rendu compte que le contact avec mes collègues ne me
manquait pas et . . . . de ce moment, je me suis investi dans la vie du village, je
me suis fait des amis et . . . . je suis très heureux.

3. Complétez ce texte avec : *pour, avant, ce jour-là, un peu plus tôt, aussitôt, ensuite.*

. . . . , je suis arrivé en retard au travail, j'étais très angoissée car . . . . ,
j'avais appris qu'une amie avait disparu. À neuf heures, j'avais un rendez-vous important, quelques
minutes . . . . , on m'a annoncé qu'il était annulé. , j'ai
téléphoné pour avoir des nouvelles de Maria, mon amie, son mari m'a expliqué qu'elle était partie
sans rien dire mais qu'on l'avait retrouvée, elle était à Rome . . . . une semaine, pour
se reposer.
Cette journée avait mal commencé, mais . . . . tout s'est bien passé.

4. Récrivez ce récit au passé.

Je rentre dans un bar pour prendre un café, j'ai chaud, je suis fatigué, je rencontre Jean, on se met à discuter, il me raconte son travail, moi je lui raconte mes derniers voyages. Tout à coup, Mario arrive, incroyable, je ne l'avais pas vu depuis 10 ans, et là on fait la fête.

→ Je suis rentré ....

....

....

....

....

....

5. Sur une feuille à part, écrivez trois récits à partir des éléments proposés.

① → voyage en Italie avec trois amis, Venise, Florence, beaucoup de visites de musée, bonne ambiance, temps superbe, merveilleuses terrasses de café, pratique de l'italien avec beaucoup de gens

② → concert de salsa, musique super, vieux chanteur cubain, impression d'être là-bas, après fête chez des amis

③ → week-end à Genève, marathon de Genève, arrivée la veille, soirée calme, lever à 6 heures, 300 concurrents, petit déjeuner, départ de la course à 9 heures, temps gris et froid mais ambiance cordiale, fin du parcours difficile, content d'arriver à la fin, même si 270ᵉ.

▮▮▮▮ À RETENIR

▶ Les temps du récit

– Lorsqu'on raconte quelque chose, on utilise en général le passé composé qui est le temps des actions accomplies.

– Le passé simple est un temps qui est surtout employé à l'écrit. On le trouve dans des romans ou des récits historiques.

– Dans le cas d'un texte narratif au présent, l'auteur fait entrer le lecteur dans son récit de façon plus forte, plus marquée.

– L'imparfait permet de décrire (personnages, lieux). Souvent, dans un récit, il y a une alternance entre les actions et les descriptions.

        Exemple (texte 2) : Le soleil *était*… Le ciel *était devenu*… Comme elle *avait cherché*…
                Élizabeth *aperçut*… Elle *dit*… Elle *descendit* un peu…

– Quand on veut montrer qu'une action est plus lointaine dans le passé ou qu'elle a précédé une autre action, on choisit le plus-que-parfait.

        Exemple (texte 1) : Je *croisai* Lionel… Il *s'était* beaucoup *baigné*.
De même, si le récit est au présent, alors le passé composé marque l'antériorité.

        Exemple (texte 5) : Il *connaît* ça par cœur, il *est* déjà *venu* trois fois.

▶ Le discours rapporté

Lorsque dans un récit on rapporte les paroles de quelqu'un, on utilise le passé composé puis l'imparfait ou le plus-que-parfait.

> Exemples (texte 3) : Il *m'a dit* qu'il *avait eu* peur de manquer notre rendez-vous.
> Je lui *ai demandé* quel *était* son travail.

▶ Chronologie et progression du récit

Dans un texte narratif, la chronologie est très importante pour que le lecteur ou l'interlocuteur puisse suivre la progression de l'histoire.

Elle s'établit avec le temps des verbes et les connecteurs de temps qui indiquent à quel moment se déroule l'action. Les connecteurs permettent de situer les événements les uns par rapport aux autres.

> Exemples : Texte 1 → *à la nuit tombée* / Texte 3 → *ce soir-là* / Texte 4 → *un peu plus tard* / Texte 5 → *le lendemain*.

▮▮▮ NOTES

....
....
....
....
....
....

fiche 3 Texte argumentatif

Lisez et observez

1. Ce que je pense du dernier discours du Président ? Il a voulu convaincre, mais il n'y est pas complètement parvenu, en effet, les problèmes du pays sont beaucoup plus graves qu'il ne semble. Les mesures annoncées ne vont à mon avis rien changer pour le chômage, et, en plus la suppression de 10 000 postes de fonctionnaires, si elle permet de faire des économies, affectera indirectement l'emploi.

Je trouve que la politique menée par le gouvernement pour l'emploi, ne nous incite pas vraiment à sortir de la crise que nous connaissons depuis bientôt dix ans. Et ceci, car les mesures prises ne touchent jamais les problèmes de fond, elles proposent des remèdes de surface et des améliorations que ne sont pas significatives.

2. Courrier des lecteurs

Suite à votre article sur l'interdiction du tabac dans les lieux publics, je voudrais vous donner mon avis. Il me semble que cette interdiction fonctionne déjà de façon satisfaisante dans d'autres pays européens, l'Angleterre, l'Italie ; il n'y a donc pas de raison pour que cela ne marche pas en France. Je suis tout à fait convaincu que ce sera une excellente mesure pour les clients des restaurants et des cafés, tout le monde connaît les effets désastreux du tabac sur la santé. Pourtant je crains que dans notre pays, son application soit difficile, car nos concitoyens ne sont pas très disciplinés et voient cette mesure comme une atteinte à leur liberté, par ailleurs la fréquentation des restaurants et des cafés pourrait diminuer, ce qui provoquerait le mécontentement de leurs propriétaires. Je me demande si une mesure intermédiaire ne serait pas plus judicieuse : dans un premier temps, chaque établissement aurait le choix d'afficher publiquement si c'est un lieu fumeur ou non-fumeur, ainsi les clients pourraient choisir en toute connaissance de cause.

Léon Touquet. Amiens

3. Faut-il réduire le salaire des footballeurs ?

Le football est financé à 50 % par les médias ! Le chiffre astronomique (600 millions d'euros) d'achat des droits télévisuels de Ligue 1 par Canal +, ferait saliver n'importe quelle autre fédération sportive d'Europe ! On peut donc sans risque prédire que les salaires des footballeurs évoluant en France vont encore grimper !

Le rugby reste en marge. Pour preuve : l'élite du football professionnel gagne environ 35 fois plus que l'élite nationale du rugby. Pire : un international de rugby gagnera moins qu'un joueur de foot de niveau moyen. Pour exemple, un coup d'œil sur les revenus de David Beckham. Le footballeur le plus rémunéré au monde gagne environ 18 millions d'euros de revenu annuel dont 6,4 millions en salaire et 11,4 millions en contrats publicitaires (toujours selon *L'Équipe magazine*).

La part liée à la publicité est donc devenue prépondérante.

On peut se demander s'il faut plafonner les salaires des footballeurs. Même si l'on prenait une mesure de ce type, les footballeurs auraient toujours les revenus de la publicité.

Ceux qui sont pour un plafonnement comparent le salaire des footballeurs à celui des salariés au salaire minimum, la comparaison est frappante ! Ceux qui défendent les salaires actuels avancent que les footballeurs ont une carrière limitée dans le temps et qu'ils vivent pendant leur carrière dans des contraintes fortes.

Mais c'est sans doute tout le système lié à ce sport : la télévision, les clubs, qui devrait être modifié.

Enfin, certains font un rapprochement entre salaires des footballeurs et salaires des grands patrons, là aussi, les chiffres peuvent atteindre des sommes astronomiques.

◎ Découvrez le fonctionnement des textes

Texte 1

Quels mots marquent :

– l'opposition ? ....

– la conséquence ? ....

....

– la cause ? ....

....

– l'ajout d'un argument ? ....

....

Comment apparaît la prise de position de la personne qui écrit ?

....

Texte 2

Relevez dans le texte les éléments qui correspondent à chaque élément du plan.

a. Thème → ....

b. Opinion → ....

c. Argument 1 → ....

d. Argument 2 → ....

e. Contre-argument 1 → ....

f. Contre-argument 2 → ....

g. Proposition → ....

Texte 3

a. Repérez la partie descriptive du texte et la partie argumentative.

....

....

b. Quels sont les exemples donnés pour illustrer la situation ?

....

....

c. Quelles sont les différentes positions qui apparaissent et sur quels arguments s'appuient-elles ?

....

....

Exercez-vous

1. Faites une phrase en donnant votre avis (*pour* et *contre*) et vos arguments pour chacun des thèmes suivants.

Exemple : Le mariage des homosexuels
Pour → *Je suis pour car j'estime qu'ils ont les mêmes droits que les couples hétérosexuels.*
Contre → *Je suis contre. En effet mariage ne signifie pas liberté.*

1. L'interdiction des voitures dans les villes

Pour → ....

Contre → ....

2. L'énergie solaire

Pour → ....

Contre → ....

3. La suppression du baccalauréat

Pour → ....

Contre → ....

4. L'augmentation du salaire minimum

Pour → ....

Contre → ....

2. a. Pour chaque extrait, dites si la personne est pour ou contre l'interdiction de fumer dans les lieux publics, quels problèmes elle mentionne, quelles solutions elle propose.

Extrait 1

L'idée semble bonne de vouloir protéger les non-fumeurs. Il me semble cependant choquant de créer des interdits en permanence sans apporter une aide aux fumeurs. En effet, il suffit de constater le prix des patchs antitabac pour comprendre la réelle motivation du et des gouvernements. Quelle sera la prochaine loi ? Interdiction de boire dans les lieux publics (peut-être à cause des émanations d'alcool), interdiction de fumer dans la rue ?
La tolérance est un concept qui n'est pas unilatéral...

Extrait 2

PLUS QUE MARRE DE TOUTES CES INTERDICTIONS. Pour ma part je respecte au maximum les autres. Mais cette manière de montrer les fumeurs comme des parias est devenue insupportable. Nous ne sommes pas le mal, on peut être fumeur et être quelqu'un de bien. Mais toujours besoin de boucs émissaires. Ça ne coûte pas cher et satisfait la bêtise de ceux qui se croient supérieurs parce qu'ils ne fument pas, plus, ou n'ont jamais eu ce besoin. Si l'état était honnête il ne vendrait plus de tabac, mais c'est trop demander. D'un côté ramasser le fric des fumeurs, de l'autre en faire des parias. Que voulez-vous que je vous dise ? Courage aux fumeurs ; vous êtes des gens bien aussi ; faites quand même attention à votre santé et respectez les autres et votre environnement pour le tabac et pour le reste. MERCI DE PUBLIER CE MESSAGE. Au revoir.

Extrait 3

Quelle est la définition de l'expression « lieux publics » ?
Une terrasse de café et un jardin public sont-ils des lieux publics ? Si oui, je suis contre l'interdiction totale.
Que je sache, les hôtels de ville, les bibliothèques et les gares sont des lieux publics. Il y est interdit de fumer.
Un café, je pensais que c'était un lieu privé. Je suis pour les cafés fumeurs, les cafés non-fumeurs et les cafés mixtes. Chacun choisit.
Si on interdit de fumer dans les cafés, cela réduira la fréquentation et donc plus de cafés fermeront, cela fera plus de chômeurs, il faut donc comme en toute chose raison garder [...]

Extrait 4

Je me demande pourquoi le non-fumeur doit subir en permanence la fumée du fumeur. Où est alors notre liberté de ne pas fumer ?...
À chaque fois que l'on défend les « droits bafoués » du fumeur, on l'autorise à « empoisonner » la vie d'une personne qui a dit NON au tabac.
En dépit des campagnes antitabac, les personnages dits « cools » des séries, films, etc. sont des fumeurs. Arrêtons de véhiculer ce message à notre jeunesse et montrons-lui les vertus d'un corps sans tabac...

Extrait 5

Je m'appelle Dorine et je bosse* en tant que serveuse dans un restaurant. Même si je suis fumeuse, je suis contre la cigarette dans les lieux publics, en particulier dans les restaurants. C'est franchement pas agréable de bosser tous les jours dans la fumée de cigarette, encore pire quand c'est celle des cigares. Et c'est encore plus désagréable quand on va dans des restos qui ne séparent pas les fumeurs des non-fumeurs. Je n'aime pas franchement fumer en mangeant, alors quand je dois manger à côté d'une personne qui fume pendant tout le repas, j'ai l'impression de manger un plat assaisonné à la cigarette... c'est pas vraiment ce que je viens chercher dans un resto lorsque j'y vais. Mais c'est mon avis !! En plus c'est pas bien compliqué de faire l'effort de se lever pour aller fumer dehors, non ? !

* Bosser : verbe familier qui signifie *travailler*.

	Pour ou contre	Arguments	Problèmes	Solutions
Extrait 1	....	....	....	....
	....	....	....	....
	....	....	....	....

Texte argumentatif

	Pour ou contre	Arguments	Problèmes	Solutions
Extrait 2				
Extrait 3				
Extrait 4				
Extrait 5				

b. **Relevez pour chaque extrait les connecteurs logiques.**

Extrait 1 : ....

Extrait 2 : ....

Extrait 3 : ....

Extrait 4 : ....

Extrait 5 : ....

c. **À votre tour, rédigez un message qui exprime si vous êtes pour ou contre le droit de fumer dans les lieux publics et pour quelle raison.**

....

....

....

....

....

....

IIIII À RETENIR

▶ Les textes argumentatifs sont souvent des textes complexes car ils réunissent fréquemment une partie descriptive / explicative, une partie narrative et une partie argumentative.

Ainsi à partir de l'explication d'une situation, on peut avoir une prise de position. Un récit peut venir appuyer un argument, au même titre qu'un exemple.

▶ Dans les textes argumentatifs, on trouve de nombreux connecteurs logiques et des expressions qui indiquent l'opinion.

> Exemples : *Ce que je pense / en effet / mais / à mon avis / en plus / Je trouve que…*
> *Suite à / Il me semble que / Je suis convaincu que / pourtant / car / par ailleurs /*
> *je me demande si / dans un premier temps / ainsi…*

Parfois la description même d'une situation est déjà une prise de position.

> Exemple (texte 3) : le chiffre *astronomique* / ferait *saliver* / on peut donc *sans risque*
> *prédire*

▶ On peut argumenter :

– en donnant des exemples ;

> Exemple (texte 2) : Cette interdiction fonctionne déjà de façon satisfaisante *dans d'autres*
> *pays européens, l'Angleterre, l'Italie…*

– en racontant une expérience, une anecdote ;

> Exemple (texte 2) : *Pour exemple, un coup d'œil sur les revenus de David Beckam…*

– en devançant la position de l'autre et en réfutant ses arguments ;

> Exemples : *Vous allez me dire que* les footballeurs ont une carrière limité dans le temps,
> *ce à quoi je réponds* que cela ne justifie pourtant pas le salaire très élevé qu'ils
> gagnent.
> *Je vous arrête tout de suite* et vous réponds…

– en semblant partager le point de vue de l'autre ;

> Exemples : Je suis d'accord avec vous mais *dans une certaine mesure.*
> *Globalement,* je partage votre point de vue.
> Je partage, *en partie*, votre point de vue.

– en présentant ses arguments comme évidents ;

> Exemples : *Tout le monde sait que… / Il est clair que… / Nous sommes tous d'accord… /*
> *De toute évidence…*

– en faisant preuve d'autorité ;

> Exemples : *La justice* ne peut rien contre le Président élu par la majorité des citoyens.
> *C'est l'ancien doyen de la Faculté de médecine* qui vous parle.
> *En qualité de chercheur au CNRS*, je pense que…

– en posant des questions.

> Exemples : *Pensez-vous qu'il soit normal* que le premier ministre traite de lâche le chef de
> l'opposition ?
> *Est-il normal / raisonnable* que les représentants institutionnels s'insultent ?

▰▰▰ Notes

. . . .

. . . .

. . . .

. . . .

. . . .

Chapitre 12
Caractéristiques de l'oral

fiche 1 Les liaisons

Écoutez et observez

1. Vous avez deux enfants ?
2. Il est peut-être trop aimable.
3. Il est peut-être trop aimable.
4. On y va ? Allez-y d'abord.
5. Vous êtes allemand, j'ai connu un étudiant allemand qui vous ressemblait.
6. Ils arrivent en haut du volcan.
7. Elles travaillent assez et pourtant elles ont des difficultés.
8. Quand il sera président, tu verras comment il se débrouillera.
9. Sans amour, on a du mal à vivre.
10. Elle a deux amants, cinq enfants et huit amis.
11. Dans un an, nous aurons un nouvel espace.

Découvrez le fonctionnement de la langue

1. Relevez toutes les liaisons entre un pronom personnel et un verbe.

....

....

....

2. Relevez les liaisons dans lesquelles on entend [t] ; [z] ; [n] ; [k].

[t]	[z]	[n]	[k]

[t]	[z]	[n]	[k]
. . . .	. . . .	. . . .	. . . .
. . . .	. . . .	. . . .	. . . .
. . . .	. . . .	. . . .	. . . .

3. Dans les phrases 2 et 3, est-ce que la liaison après *trop* est obligatoire ?

. . . .

4. Dans la phrase 6, fait-on la liaison devant *haut* ?   Oui ☐   Non ☐

✎ Exercez-vous

1. Écoutez et soulignez les liaisons.

1. Quand il est arrivé, tout le monde s'est tu.
2. Un ami de Charles ma donné un anorak.
3. Plusieurs étudiants sont absents.
4. Nous allons arriver à neuf heures.
5. Ces anciens bâtiments vont être détruits.
6. Ils ont amené une amie.
7. Ne lisez pas mot à mot.
8. Sans aide, vous n'y arriverez pas.
9. Chez elle, tout est simple.
10. Sous un abri bus, j'ai vu une publicité géniale.

2. Lisez ces phrases en faisant les liaisons et soulignez-les.

1. J'ai deux amours.
2. Vous êtes bien le cousin de Marion ?
3. Quand on est riche tout est facile.
4. Nous avons acheté une maison.
5. Ils ont tout accepté.
6. J'ai fait de grands efforts.
7. On y va ?
8. Que prend-on ?
9. Vous alors, vous assurez !
10. Cet enfant est malade.

Écoutez maintenant l'enregistrement pour vérifier vos réponses.

3. Écoutez ces phrase puis dites combien il y a de liaisons dans chacune d'elle.

	0	1	2
1. Vous haïssez Paulo à ce point ?	☐	☐	☐
2. Vous aimez l'opéra ?	☐	☐	☐

	0	1	2
3. Il prend un taxi et il arrive.	☐	☐	☐
4. Vous êtes très aimable.	☐	☐	☐
5. Bien entendu, nous aurons le plaisir de nous revoir.	☐	☐	☐
6. J'ai tout entendu !	☐	☐	☐
7. Les amis espagnols de Jane sont aussi professeurs.	☐	☐	☐
8. Vous pourriez avoir vu cet homme.	☐	☐	☐
9. J'adore les iris.	☐	☐	☐
10. Tu resteras à déjeuner ?	☐	☐	☐
11. C'est tout à fait idiot.	☐	☐	☐
12. C'est mon héros !	☐	☐	☐

4. Dites pour chaque phrase si les liaisons sont obligatoires ou non.

	obligatoire	pas obligatoire
1. Je vais essayer d'arriver à l'heure.	☐	☐
2. Tout est bon.	☐	☐
3. Les enfants, à table.	☐	☐
4. Allez-y.	☐	☐
5. Il commençait à s'impatienter.	☐	☐
6. Ces oiseaux viennent d'Afrique.	☐	☐
7. Ils sont invités à une soirée.	☐	☐
8. Tu pourrais être plus aimable.	☐	☐

🔘 **Écoutez maintenant l'enregistrement pour vérifier vos réponses.**

5. Lisez ce texte en faisant les liaisons.

Le caractère *arobase* est un caractère très présent dans notre environnement et très actuel : on ne peut ouvrir une revue sans avoir affaire à ce caractère. Pourquoi s'appelle-t-il ainsi ? D'où vient-il ?

Venu du latin, il existe depuis le Moyen-Âge et il est utilisé ensuite dans le courrier diplomatique. Plus tard, l'arobase est employé dans le commerce pour indiquer le prix d'un produit. C'est pourquoi il a été introduit dans les claviers des machines à écrire dès 1885, puis dans les claviers informatiques quatre-vingts ans plus tard.

🔘 **Écoutez maintenant l'enregistrement pour vérifier vos réponses.**

▮▮▮▮ **À RETENIR**

▸ **Les liaisons se font** entre un mot qui se termine par une consonne **et** un mot qui commence par une voyelle.

Elles sont obligatoires :
– entre un déterminant (défini, indéfini, possessif, démonstratif…) et un nom ou un adjectif ;
  Exemples : mes‿amis / dix‿ans / nos‿amours / les‿enfants / ces‿anciens bâtiments

– entre un adjectif et un nom ;
> Exemple : un grand_effort

– entre un pronom et un verbe ;
> Exemples : vous_avez / ils_ont / vous_êtes

– entre un pronom personnel et *en* / *y* ;
> Exemples : vous_y allez / on_y court / on_en_achète

– lorsque le pronom est après le verbe ;
> Exemples : Que dit-elle ? Allons-y

– après des prépositions ;
> Exemples : dans_une rue / chez_elle

– après des adverbes ;
> Exemples : plus_amer / moins_évident

– dans des expressions figées ;
> Exemples : tout_à fait / de moins_en moins / mot_à mot / nuit_et jour

▶ Quand il y a une liaison avec un *f*, il se prononce [v].

Quand il y a une liaison avec *d*, il se prononce [t].
> Exemples : À neuf_heures (= *neuvheures*)
>   Quand_il viendra (= *quantil*)

▶ La liaison est facultative :

– entre nom et adjectif au pluriel ;
> Exemple : les étudiants_espagnols

– après un verbe ;
> Exemples : Je vais_aimer ce film.
>   Vous êtes_attendus.
>   Il commençait_à faire froid.

▶ La liaison est interdite :

– après *et* ;
> Exemple : Et elle a parlé.

– devant un h « aspiré » ;
> Exemples : Mon héros / En haut / Les haricots

Mais il arrive que les Français se trompent et fassent des liaisons fausses.

▮▮▮ NOTES

....
....
....
....
....
....

✷ Écoutez et observez

1. — Le gouvernement va démissionner, n'est-ce pas ?
   — Ben... c'est fort possible.
   — Mais non, pas du tout, vous allez trop loin.

2. — Tu veux travailler ce soir, c'est un peu tard, tu trouves pas ?
   — C'est vrai. Dis-moi, t'es libre demain ?
   — Euh... Attends. Ben... oui, l'après-midi.
   — Alors, ça marche !

3. — Marie est un peu bizarre, tu vois ce que je veux dire ?
   — Ben... non, pas vraiment. Y'a rien qui me choque chez elle.

4. — On part à sept heures ?
   — Oh, sûrement pas, c'est trop tôt !

5. — On va au ciné ?
   — Ouais, pourquoi pas !

6. — Qu'est-ce que tu fais ?
   — Je sors de la fac et je vais au resto U.

7. Alors, tu vois, le gars, là, *i* fait cent mètres *et pis*, *i* rentre dans un panneau. Et qu'est-ce qu'*i* fait, *i* sort de la voiture et *i* part en courant. Volée qu'elle était cette voiture !

8. À ma femme, je lui ai rien dit !

9. Y'a personne qui comprend c' qu'*i* dit.

10. Tout le monde a fait, et je n'échappe pas à la règle, des bêtises dans sa jeunesse.

11. — Allô, c'est Bernard ?
    — Non, qui est à l'appareil ?
    — Véronique, sa collègue de travail.
    — Bon, ne quittez pas je vais l'appeler.

12. — Allô, bonjour, je voudrais parler à Monsieur Duchut.
    — C'est de la part de qui ?
    — Jean-François Srewicz.
    — Un instant s'il vous plaît, veuillez patienter... Il n'est pas dans son bureau, je peux lui laisser un message ?
    — Oui, demandez-lui qu'il me rappelle sur mon portable.
    — Vous pouvez m'épeler votre nom ?
    — Bien sûr, S-R-E-W-I-C-Z.
    — Merci, au revoir.

Découvrez le fonctionnement de la langue

1. Dans les dialogues 1, 2, 3, relevez ce que l'on dit pour demander l'avis de l'autre.

....

....

2. Qu'est-ce qu'on dit quand on hésite ?

....

3. Qu'est-ce qu'on dit quand on n'est pas d'accord ?

....

4. Dans les dialogues 2 et 7, qu'est-ce qui vous semble différent de la règle habituelle ?

....

....

5. Dans les phrases 3 et 9, qu'est-ce qu'on dit à la place de « Il y a » ?

....

6. « Fac » (dialogue 6) veut dire _faculté_ ?   Oui ☐   Non ☐

7. Dans les phrases 7 et 8, quel mot ou groupe de mots peut-on placer à une place différente ?

....

....

8. Est-ce qu'il y a une interruption dans la phrase 10 ? ....

9. Quelles expressions particulières utilise-t-on quand on répond au téléphone ?

....

....

Exercez-vous

1. Écoutez et soulignez les expressions et les tournures particulières à la langue parlée.

1. – Et ben, tu vois, je lui ai tout expliqué et y'a rien à faire, _i_ comprend rien, je peux pas faire plus !

2. – Y'a pas, t'es vraiment un imbécile, faire des efforts, ça, tu comprendras jamais.

3. – Cette fille, tu peux rien lui expliquer.

4. – Alors ici, _i_ se passe rien.

5. – T'appuies sur le bouton _et pis_ t'attends une minute et ça marche !

6. – Je veux absolument rien.

2. Écrivez ces phrases en français standard.

1. — T'es complètement idiot !

....

2. — À mes enfants, je leur ai dit qu'il fallait travailler.

....

3. — *I* va à la fac mais *i* fait rien.
   — C'est pas grave, y'a pas de quoi s'affoler.

....

....

4. — Tu viens au restau avec moi ?
   — Ouais, on va voir.

....

5. — Avec le sport, il faut pas exagérer.

....

6. — Les personnes âgées, elles sont souvent malheureuses.

....

7. — À la prof, ben oui, je lui ai dit qu'elle nous donne trop de travail.

....

🔘 **Écoutez maintenant l'enregistrement pour vérifier vos réponses.**

3. Récrivez chacune des phrases pour mettre un élément en valeur.

EXEMPLE : Je vais parler au directeur. → *Au directeur, je vais lui parler.*

1. Je suis sûre que ton amie va me plaire.

....

2. Dans sa vie, il n'y a que le football.

....

3. On n'a que du bonheur et des problèmes avec les enfants.

....

4. J'ai tout fait pour cette étudiante et elle n'a rien compris.

....

5. Moi, j'aimerais vivre à la campagne.

....

🔘 **Écoutez maintenant l'enregistrement pour vérifier vos réponses.**

4. À partir de chaque phrase, écrivez deux phrases distinctes en français standard.

1. Je ne veux pas acheter, t'as vu comme c'est cher, de vêtements ici.

....

2. Vous allez, et nous vous regretterons, rentrer dans votre pays.

....

3. Explique tout, moi à ta place je ferai ça, à ton mari.

....

4. Rien ne vaut, croyez-moi, une véritable et longue amitié.

....

5. Tu sais, et ça j'en suis sûr, où se trouve Charles.

....

Écoutez maintenant l'enregistrement pour vérifier vos réponses.

5. Écoutez puis complétez les conversations téléphoniques.

1. — Allô, je voudrais parler à monsieur Archimbeau.
   — .... Allô, il n'est pas dans son bureau.
   — Je le rappellerai.

2. Bonjour, je voudrais parler à Annie.
   — ....
   — C'est Paul, son cousin de Bretagne.
   — .... , elle arrive.
   — Merci.

3. — Allô, service après vente électroménager du magasin « Négoce » !
   — Bonjour, je vous appelle car j'ai un problème avec mon lave-linge, référencé RLLN n° 3775...
   — .... , je ne trouve aucun conseiller, vous pouvez rappeler ?
   — Non, c'est urgent.

4. — Vous avez tapé sur la touche étoile, vous allez être mis en relation avec un correspondant.
   — Allô, Marc Lent à votre service.
   — Bonjour, je vous appelle car je n'arrive pas à faire fonctionner internet sur mon ordinateur.
   — .... , je vous reprends dans deux minutes.
   — Mais j'attends depuis dix minutes !
   — Allô, veuillez patienter... Votre nom ?
   — Madame Struche.
   — Vous pouvez .... , s'il vous plaît ?

- S-T-R-U-C-H-E, j'entends très mal.
- Madame Struche, pouvez-vous rappeler ?
- C'est pas vrai !

▌▌▌ À RETENIR

▶ **Expressions liées à l'**interaction avec l'autre

Certaines interjections sont spécifiques à l'oral quand on hésite :
– *euh… / ben… / bon…*

Certaines expressions servent à maintenir le contact avec l'autre :
– *tu vois / tu comprends / vous voyez / dis-moi*

Elles peuvent aussi montrer que l'on cherche l'approbation de l'autre :
– *N'est-ce pas ? / Vous êtes d'accord ? / Vous me suivez ?*

D'autres expressions sont liées au désaccord avec l'autre :
– *Sûrement pas. / Certainement pas. / Ah non ! / Tu exagères ! / Ça ne va pas ! / Tu plaisantes !*

Certaines expressions expriment un accord mitigé :
– *Ouais / Mouais / Bof / Pourquoi pas ?*

▶ **Variations de la langue parlée et contractions**

Dans la langue parlée, certaines variations apparaissent par rapport aux règles.

– On peut enlever *ne* dans la négation ;
> Exemple : *Tu vois pas* que tu me gênes ?

– *Il* ou *Ils* peut devenir *i* ;
> Exemple : *I* va trop vite.

– *Tu es* peut devenir *t'es* ;
> Exemple : Mais *t'es* fou, regarde ce que tu as fait !

– *Il y a* peut devenir *y'a* ;
> Exemple : *Y'a* pas de quoi.

– *Et puis* peut devenir *et pis* ;
> Exemple : Il est arrivé et *pis* il m'a dit de me lever.

– *Ce qui est* peut devenir *ce qu'est* ;
> Exemple : *Ce qu'est* difficile avec elle…

– *Cela* devient *ça*.
> Exemple : *Ça va ? / Ça serait super !*

▶ Il arrive souvent que les mots soient raccourcis, abrégés.

– *Fac* pour *faculté* ;
– *Sympa* pour *sympathique* ;
– *Resto U* pour *restaurant universitaire* ;
– *Prof* pour *professeur* ;
– *Ciné* pour *cinéma*.

Les particularités de la langue parlée

▶ Construction des phrases

La construction des phrases peut être modifiée. On déplace un élément pour le mettre en relief : un sujet ou un complément.

> Exemples : *Le garçon, il* est fou.
>
> *À ma sœur*, je *lui* ai dit d'arrêter.
>
> *Les frites*, j'ai toujours adoré *ça*.

On peut insérer dans un discours une phrase qui a le sens de commentaire.

> Exemple : Je n'ai jamais aimé les dimanches, *d'ailleurs je ne suis pas le seul*, ils me rappellent le retour à l'école.

Attention à ne pas commettre l'erreur liée à l'emploi des pronoms relatifs qui consiste à employer :

– *Que* à la place de *où* ;

– *Que* à la place de *dont*.

> Exemple : J'adore cet endroit *que* je te parle depuis deux heures.
>
> (= J'adore cet endroit *dont* je te parle.)

▶ Dans les situations de dialogue au téléphone, on utilise des expressions :

– pour faire attendre son interlocuteur ;

> Exemples : *Ne quittez pas / Veuillez patienter / Un instant, s'il vous plaît*

– pour identifier son interlocuteur.

> Exemples : *Qui est à l'appareil ?*
>
> *C'est de la part de qui ?*

▮▮▮▮ NOTES

. . . .

. . . .

. . . .

. . . .

. . . .

. . . .

La langue familière

Écoutez et observez

1. — On va se baigner, Henri ?
   — N'importe quoi, tu délires ! Il fait 15° !

2. — J'en ai assez d'être ici. On se casse ?
   — Allez, on s'arrache !

3. — J'ai un examen demain, j'ai pas révisé, j'angoisse à mort !
   — Cool, ça va aller, tu t'en sors toujours bien.

4. — Alors Max, ça va ?
   — Bof, pas vraiment, j'ai le moral à zéro, ma copine est partie une semaine en vacances, je sais même pas avec qui.
   — C'est pas la fin du monde.
   — J'en ai ras le bol du boulot !
   — Mon pauvre ! Tu sais, moi, j'ai des problèmes de fric, c'est pas mieux !
   — Mais tu sais, quand même, c'est dur !
   — Ouah, c'est un passage, ça va s'arranger, n'en fais pas tout un plat. T'as la santé, c'est déjà ça.

5. — Je suis pas encore arrivé que tu râles déjà ! Tu pourrais être plus cool, j'ai fait les courses, je me suis occupé de la voiture, ça va ! ouais, je suis en retard, je sais, j'ai rencontré un mec que je connais depuis plus de dix ans, un vieux pote. Et ben, je suis allé prendre l'apéro avec lui, *et pis*, *i* m'a invité à dîner. Des vrais amis, y'en a pas beaucoup, ça se compte sur les doigts d'une main. Y'a pas de quoi en faire un plat.

6. — Tu sais, le directeur a quitté sa femme et il est parti avec sa secrétaire !
   — Non, sans blague ! Alors là, j'en reviens pas, j'aurais jamais imaginé ça.
   — Et ben tu vois, c'est arrivé.
   — Et ben, c'est vraiment la meilleure de la journée.

7. — Le diable est parmi nous, lascar, il porte un uniforme et se déguise en noir, il est en *vilci*[1] et s'attaque de préférence aux *keums*[2] de mon espèce, mais laisse il aura la monnaie de sa pièce...

1. Vilci : mot en verlan (= inversion des deux syllabes ; à l'envers) pour dire *civil*.
2. Keum : mot en verlan pour dire *mec* (= mot familier pour dire *homme, garçon*).

Temmour, *Pas mieux demain*.

Découvrez le fonctionnement de la langue

Dialogue 1

a. Est-ce qu'Henri est d'accord ?   Oui ☐   Non ☐

b. Qu'est-ce qu'il dit pour montrer son désaccord ? ....

c. *Tu délires* veut dire :   • « Tu as de la fièvre » ?   ☐
   • « Tu es un génie » ?   ☐
   • « Tu dis n'importe quoi » ?   ☐

Dialogue 2

À votre avis *se casser, s'arracher* veut dire :

- « se battre » ? ☐
- « partir » ? ☐
- « faire une promenade » ? ☐

Dialogue 3

J'angoisse à mort veut dire :

- « Je vais mourir » ? ☐
- « Je suis très content » ? ☐
- « Je suis très inquiet » ? ☐

Dialogues 3 et 5

Cool veut dire :

- « Arrête » ? ☐
- « Tranquille » ? ☐
- « Tu es fou » ? ☐

Dialogue 4

a. Qu'est-ce que Max dit pour indiquer qu'il n'est pas en forme ? ....

b. Qu'est-ce que dit son amie pour l'encourager ? ....

c. *Fric* veut dire « argent » ? Oui ☐ Non ☐

d. *Boulot* veut dire « travail » ? Oui ☐ Non ☐

Dialogue 5

a. À votre avis *tu râles* veut dire :

« tu meurs » ? ☐ « tu protestes » ? ☐ « tu cries » ? ☐

b. Un *mec* signifie :

une « fille » ? ☐ un « homme » ? ☐ un « ami » ? ☐

c. un *pote* signifie :

un « copain » ? ☐ un « idiot » ? ☐ un « homme » ? ☐

d. Est-ce que *apéro* est un mot construit sur « apéritif » ? Oui ☐ Non ☐

e. Relevez dans le texte une expression qui signifie « Ça n'est pas dramatique. »

....

Dialogue 6

Quelles expressions utilise la personne pour montrer qu'elle est surprise par la nouvelle ?

....

Dialogue 7

Dans cet extrait d'une chanson rap, quels mots remplacent les mots *civil* et *mecs* ?
Comment sont-ils créés ?

....

✎ Exercez-vous

1. Dans cet extrait de chanson, relevez les marques de l'oralité et les expressions familières.

> Mais si t'es mon pote, tu m' laisses tricher au Scrabble
>
> Tu ramènes pas ta gueule quand tu m' vois magouiller
>
> Moi je veux juste gagner, ça m'amuse pas de jouer
>
> Si t'es mon pote, tu t' tais
>
> RENAUD, Mistral gagnant, « Si t'es mon pote ». Paroles : R. Séchan. Musique : R. Séchan, 1985.

. . . .

. . . .

2. Écoutez et remplacez les mots du texte en caractères gras par les mots ou groupes de mots suivants : *très solide*, *ne va pas*, *voiture*, *bazar*, *Georges*, *disputer*, *bourgeoise*, *incompétente.*

Ma sœur, avec sa **caisse** . . . . de **bourge** . . . . , fait crisser

les pneus sur le parking du *Milton*, les visages se retournent, elle me dit : « Je vais me faire **engueuler**

. . . . par **Jojo** . . . . , ça les abîme... »

Elle rit.

J'enlève mes lentilles et j'incline le siège. [...]

Ma sœur me sert un gin tonic sans Schweppes et elle me dit :

« Qu'est-ce qui **ne tourne pas rond** . . . . ? »

Alors moi, je lui raconte. Mais sans trop y croire parce que ma sœur est **assez nulle**

. . . . comme conseillère psychologique.

Je lui dis que mon cœur est grand comme un sac vide, le sac, il est **costaud** . . . . ,

y pourrait contenir un **souk** . . . . pas possible et pourtant, y'a rien dedans.

ANNA GAVALDA, Je voudrais que quelqu'un m'attende quelque part, Éd. Le dilettante, 1999.

3. Faites une phrase avec un élément de chaque colonne.

1. Marielle a divorcé pour la 5ᵉ fois,	A. c'est un vrai pote.
2. J'ai raté mon examen,	B. n'en fais pas tout un plat.
3. D'accord, j'ai une heure de retard,	C. j'ai vraiment le moral à zéro.
4. Georges ne s'inquiète jamais,	D. j'en ai ras le bol.
5. Je ne fais que travailler et j'ai jamais de fric,	E. il est vraiment cool.
6. Mario est désagréable,	F. j'en reviens pas.
7. J'ai passé la soirée avec Gilles, c'était sympa,	G. il râle tout le temps.

1. ....
2. ....
3. ....
4. ....
5. ....
6. ....
7. ....

Écoutez maintenant l'enregistrement pour vérifier vos réponses.

4. Écoutez les phrases et dites pour chacune si elle est en français standard ou familier.

	français standard	français familier
1. Préparez-vous, je vous emmène tous au restaurant.	☐	☐
2. On va au restau, ça te branche ?	☐	☐
3. Je suis choqué par votre attitude.	☐	☐
4. T'es nul !	☐	☐
5. J'en ai assez !	☐	☐
6. Ras le bol de tes conneries !	☐	☐
7. Mes amis, les Guignard m'ont invité à dîner.	☐	☐
8. On se téléphone, on se fait une bouffe.	☐	☐
9. J'ai plus de fric, tu peux payer ?	☐	☐
10. Anatole, vous m'énervez !	☐	☐
11. J'ai rencart avec Marlène, j'angoisse !	☐	☐
12. Cool, Raoul, tout va bien.	☐	☐
13. Gardez votre calme, Cyril !	☐	☐
14. Pourriez-vous m'avancer cinq cents euros ?	☐	☐

▮▮▮▮ À RETENIR

▸ À l'oral, on peut utiliser lorsque la situation le permet, des mots familiers.
Certaines expressions familières permettent d'exprimer des sentiments :
– La tristesse ou la lassitude ;
> J'ai le moral à zéro. / J'en ai ras le bol.
– La sympathie et l'encouragement ;
> Mon / Ma pauvre, c'est dur.
> Allez, ça va s'arranger. / C'est pas la fin du monde. / N'en fais pas un plat.
> Ce n'est pas dramatique.
– L'inquiétude ;
> J'angoisse.

– La surprise ;

> *Sans blague ? / J'en reviens pas ! / C'est pas vrai ! / C'est pas croyable !*

– La tranquillité.

> *Cool / On y va cool, cool.*

▶ Certaines expressions ou certains mots sont soit compris de tous, mais évoluent rapidement, soit liés à un milieu particulier.

Se faire une toile : aller voir un film

Faire une toile dans le milieu du football, c'est lorsqu'un gardien de but fait une erreur grossière.

Des mots comme : *mec* (homme)   *fric* (argent)
                  nana (femme)   *cool* (tranquille, sympa)
                  boulot (travail)   *pote, copain* (ami)
                  flic (policier)   *bouffe* (repas)

sont compris de tous.

Le même mot peut apparaître dans plusieurs expressions.

> Exemples : *gueule* (visage, mot employé pour les animaux)
>
> *Ta gueule !* : tais-toi ! ;
>
> *Faire la gueule :* montrer qu'on est fâché ;
>
> *Ramener sa gueule :* intervenir de façon maladroite ou inappropriée ;
>
> *Gueuler :* crier ;
>
> *Engueuler :* disputer.

▶ Le verlan

Cette mode de langage, (verlan = à l'envers) consiste à inverser les syllabes d'un mot.
Ce phénomène ancien a retrouvé une actualité dans la chanson, en particulier dans le rap et la langue des banlieues.

> *Mec :* Keum (le son « è » est prononcé « eu »)
>
> *Femme :* Meuf
>
> *Flic :* Keuf

NB : La langue familière peut apparaître à l'écrit dans des romans, des chroniques, des courriels, des SMS.

▮▮▯▯ NOTES

....
....
....
....
....
....

Corrigés
des exercices

Chapitre 1
Formation des mots

fiche 1 Préfixes

page 8

Découvrez le fonctionnement de la langue

1. illisible – incompétent – méconnaissable – incompréhensible – irrationnelle – illégalité – malheureux – défaire – impossible
2. lisible – rationnel – compétent / possible – connaissable – heureux
3. oui
4. a. oui – b. non

Exercez-vous

1. a. Respectueux – b. Immoral – c. Connu – d. Infaisable – e. Mature – f. Habile – g. Impossible – h. Acceptable – i. Lisible – j. Inacceptable – k. Injuste

2. 1. injuste – immoral – impossible – inutile. 2. refait – revoit – inattention. 3. irrationnelle – inconnu.

3. 1. retrouver – 2. remonter – 3. repartir – 4. refaire – 5. retrouver

4. 1. déshabiller – 2. déverrouiller – 3. décousu – 4. démonter – 5. défait

fiche 2 Suffixes

page 11

Découvrez le fonctionnement de la langue

Texte 1
a. création – changement – rapprochement – virage – division – élection – éclatement – commentateurs – influence
b. 7 : ation – ment – age – sion – tion – eur – ence

Texte 2
Français – Portugais – Libanais – Mauritanien – Colombien – Syrien – Égyptien – Algérien – Vietnamien – Marocain

Texte 3
chanter – présent – piano – saxophone – amuser – intéresser – espérer – libre – bête – tourner

Texte 4
tendrement – calmement – doucement – sévèrement

Exercez-vous

1. 1. virages – 2. faiblesse – 3. boulangerie – 4. installations – 5. fermeture – 6. influence – 7. espérance – 8. vengeance – 9. grandir

2. canadiens – grecques – polonaise – chinoise – irlandaise – américains – chilien – espagnols.

3. 1. créations – 2. explosion – 3. construction – 4. fermeture – 5. changements

4. Peur : apeuré, peureux – Rouge : rougir, rougissant, rougissement – Heureux : bonheur, malheur, malheureux, heureusement – Aisé : aisance, aisément – Fatigue : fatigué, fatiguer, fatigant.

5. 1. doucement – 2. facilement – 3. lentement – 4. vraiment – 5. absolument – 6. violemment

Chapitre 2
Parler d'un fait

fiche 1 Décrire et présenter

page 16

Découvrez le fonctionnement de la langue

a. Il reste des places (texte 2)...
b. Une grande soirée aura lieu (texte 2)...
c. Elle se compose d'une tige (texte 4)...
d. Il existe plusieurs communautés (texte 1)...
e. Le Canada possède (texte 1)...
f. Cette multiculturalité représente (texte 1)...
g. Ce mouvement est né (texte 5)...

Exercez-vous

1. 1. Il y a – 2. se tient – 3. Il y a encore – 4. se compose de – 5. a – 6. Deux passagers ne sont pas là. – 7. Ce système a des avantages.

2. 1. Il y a beaucoup de modèles.
   2. Il n'y a plus de place.
   3. Julie est comme sa sœur.
   4. Cette voiture comporte plusieurs caractéristiques.
   5. Cette homme a de grandes qualités.

3. 1. Il existe des solutions.
   2. Il y a cent euros.
   3. Il ne reste plus d'argent.
   4. Ce système ne présente pas d'inconvénients.

4. 1. Il n'y a plus de dinosaures depuis des millions d'années.
   2. La peste a disparu depuis plus de cent ans.
   3. Cette voiture présente plusieurs modèles.
   4. Ce problème comprend plusieurs solutions.
   5. Les états généraux de la langue française se tiendront le mois prochain.
   6. Cette plante ressemble au thym.

5. 1. aura lieu – 2. Il reste – 3. Il semble – 4. Il manque – 5. existe – 6. est née.

fiche 2 Modaliser

page 19

Découvrez le fonctionnement de la langue

1. Phrase 1 : Possible / probable – Phrase 2 : Sûr / certain – Phrase 3 : Possible / probable – Phrase 4 : Peu probable / impossible – Phrase 5 : Sûr / certain – Phrase 6 : Possible / probable – Phrase 7 : Peu probable / impossible – Phrase 8 : Possible / probable.

2. Indicatif : phrases 2, 5 et 8 – Subjonctif : phrases 3, 4 et 7 – Conditionnel : phrases 1 et 6.

3. Du plus sûr au moins sûr : 4 – 1 – 5 – 2 – 3

Exercez-vous

1. Certitude : 1 – 5 – 6.   Doute : 2 – 3 – 4.

2. 1. revienne – 2. irai – 3. sois – 4. viendra – 5. faut –
6. partirons – 7. aies – 8. gagnera

3. 1. Il est certain que le temps s'améliorera.
2. Il est possible que nous ayons un peu de retard.
3. Je suis certain que c'est la meilleure solution.
4. Il est impossible que Gérard Lelong soit le candidat
de la droite.
5. Il est probable que nous trouvions un hôtel pas cher.

Chapitre 3
Quantifier

fiche 1 Indéfinis   *page 24*

🌐 Découvrez le fonctionnement de la langue

1. oui – 2. non – 3. oui – 4. oui – 5. non – 6. non – 7. oui –
8. oui – 9. oui – 10. non

✏️ Exercez-vous

1. 1. beaucoup – 2. peu – 3. certains – 4. beaucoup –
5. plusieurs – 6. beaucoup.

2. 1. certains – 2. aucune – 3. plusieurs – 4. peu –
5. beaucoup de – 6. certaines – 7. peu de.

3. 1B – 2A – 3E – 4D – 5C

fiche 2 Pourcentages et précisions   *page 27*

🌐 Découvrez le fonctionnement de la langue

1. oui – 2. oui – 3. oui – 4. oui – 5. oui – 6. oui –
7. les deux – 8. oui

✏️ Exercez-vous

1. Moins d'un quart des volontaires de *Médecins sans
frontières* sont médecins.
Un peu plus du tiers des volontaires de *Médecins sans
frontières* sont des personnels paramédicaux.

2. 2. Un peu plus de la moitié – 3. Un tiers – 4. Un peu
moins des trois quarts – 5. Presque la totalité – 6. Un
peu moins d'un tiers – 7. Un quart – 8. Les trois quarts.

3. 1. une vingtaine de personnes – 2. environ / presque / à
peu près 60 000 – 3. une dizaine de pièces – 4. environ /
presque / à peu près quarante ans – 5. une centaine de
kilomètres. – 6. une cinquantaine de personnes

fiche 3 Taille, vitesse, distance,
surface, volume   *page 30*

Texte 1: surface – Texte 2: poids – Texte 3: volume – Texte
4: volume – Texte 5: vitesse – Texte 6: surface – Texte 7:
température – Texte 8: distance – Texte 9: poids

🌐 Découvrez le fonctionnement de la langue

1. non – 2. non – 3. non – 4. oui – 5. oui – 6. oui – 7. non –
8. non – 9. oui.

✏️ Exercez-vous

1. 1. ares – 2. mètre – 3. tonnes – 4. 250 km/heure –
5. °C – 6. mètres – 7. kilomètres – 8. hectares –
9. 150 mètres carrés – 10. mètre/centimètres

2. 1. 74 km/heure – 2. 110 km/heure – 3. 7 mètres –
4. deux heures.

3. a. C'est le gorille qui peut soulever le poids le plus lourd.
b. C'est l'animal le plus fort du monde.
c. C'est l'escargot de Bourgogne qui peut tirer 200 fois
son poids.

Chapitre 4
Construire différents types de phrase

fiche 1 Place des pronoms et doubles
pronoms dans la phrase   *page 34*

🌐 Découvrez le fonctionnement de la langue

1. non. – 2. vrai – 3. après le verbe. – 4. On met le pronom
entre les deux verbes. – 5. ... lui en... / ... le lui... – 6. Vrai.

✏️ Exercez-vous

1. 1. le – 2. en – 3. les – 4. le – 5. lui – 6. la – 7. lui – 8. leur
2. 1. l' / eux – 2. lui – 3. en – 4. les – 5. leur – 6. le –
7. lui – 8. la.

3. 1. voisins – 2. tante – 3. fauteuils – 4. dossier –
5. argent – 6. histoire – 7. Franck – 8. amis

4. 1. Je la lui ai donnée.
2. Il le lui a déjà dit.
3. Vous leur en avez parlé.
4. Il les leur a achetés.
5. Je le lui demanderai.
6. Tu lui en apporteras?

5. 2. Parlez-lui en. – 3. Achète-les lui. – 4. Ne leur en
donne pas. – 5. Ne l'acceptez pas. – 6. Expliquez-le lui. –
7. Prenez-en.

6. 1. vous – 2. Moi – 3. eux – 4. Vous – 5. elles – 6. toi –
7. Nous – 8. lui.

fiche 2 Phrases courtes, interrogatives
et négatives   *page 38*

🌐 Découvrez le fonctionnement de la langue

1. Sur des panneaux signalétiques (dans la rue, les jardins
publics), dans des titres de journaux, sur un paquet...
2. Phrase 5: Qu'est-ce que Jean voulait te dire hier? /
Phrase 11: Avez-vous raison? – 3. oui: absolument et
plus – 4. Phrase 6 – 5. Après avec.

✏️ Exercez-vous

1. 1. Sonnez et entrez – 2. Ouragan à la Nouvelle-Orléans –
3. Soldes à partir de lundi. – 4. Traversée dangereuse. –
5. Accès interdit. – 6. Interdiction d'utiliser l'ascenseur

2. 1. Je n'ai absolument rien compris.
2. Je n'ai vu personne près du pont.
3. Je ne m'occupe de rien.
4. Vous n'avez absolument pas raison.
5. Personne ne sait ce qui se passe.

3. 1. Est-ce que tout le monde pourra monter dans ce bus ?
2. Avec quoi pourrai-je faire du feu ?
3. Comment ces hommes sont-ils arrivés ici ?
4. Avec quoi fait-on la sauce mayonnaise ?
5. Sommes-nous tous d'accord ? / Est-ce que nous sommes tous d'accord ?
6. Pourquoi y a-t-il tant de monde dans ce magasin ?

4. 1. Je voudrais savoir si vous connaissez le chanteur Raphaël.
2. Je te demande avec qui tu es sorti hier soir.
3. Je me demande pourquoi les gens sont si agités.
4. Je voudrais savoir s'il y a encore des places pour ce concert.
5. Je me demande comment vous êtes arrivés jusqu'ici.
6. Je veux savoir avec quoi vous avez fait ce plat.

5. 1. Ne pouvez-vous pas m'expliquer cet exercice ?
2. Ne fais-tu pas de planche à voile ?
3. Ne fait-il pas très beau ?
4. Ne connaissez-vous pas la fille de Marie ?
5. N'y a-t-il pas de solution ?
6. Personne n'est d'accord.

fiche 3 La phrase passive
page 42

◎ Découvrez le fonctionnement de la langue

Texte 1. 1. oui – 2. oui – 3. oui – 4. 3

Texte 2. oui – oui

Texte 3. 1. ont été arrachées / détruites – ont été évacués – ont été apportées
2. Le cyclone Zinna

⫽ Exercez-vous

1. Verbes à entourer : sont atteintes – a été démis – auriez été poursuivi – seront vaccinés – ont été reconduits

2. 1. Jérôme a été piqué par une guêpe.
2. Amélie a été photographiée par un paparazzi avec son fiancé.
3. Si vous n'avez pas un dossier complet, votre inscription sera refusée.
4. J'ai été séduite par un imbécile.
5. Matthieu a été volé par un jeune homme.
6. Ce jeune homme a été renvoyé par le directeur.

3. 1. À la sortie du stade, l'équipe de France a été assaillie par les journalistes.
2. Marcel Colombani a été vengé par son fils.
3. Deux petites filles d'origine chinoise ont été adoptées par mes voisins.
4. Mon meilleur ami a été guéri par la médecine par les plantes.
5. La voiture du dernier film de James Bond a été achetée par un milliardaire.

6. L'acteur Cyril Jack a été décoré de la médaille des arts et lettres par le ministre de la Culture.

4. 1. fait – 2. laissé – 3. fait – 4. laisse – 5. font – 6. fait.

5. 1. serez appelé – 2. a été surpris – 3. ont été informés – 4. avons été éblouis – 5. serez admis – 6. ont été appelés – 7. étaient envahies – 8. être libérés.

Chapitre 5
Situer dans l'espace

fiche 1 Position
page 48

◎ Découvrez le fonctionnement de la langue

Texte 1
1. non – 2. oui – 3. non – 4. non

Texte 2
1. vrai – 2. vrai – 3. faux – 4. vrai

Texte 3
1. (placer / mettre) – (glisser / introduire)
2. (enlever / mettre) – (monter / démonter) – (séparer / assembler) – (sortir / introduire)

Texte 4
La réponse est OUI pour chaque couple de mot.

⫽ Exercez-vous

1. 1. N'importe où – 2. partout – 3. ailleurs – 4. quelque part – 5. nulle part – 6. n'importe où – 7. quelque part – 8. ailleurs – 9. ailleurs – 10. nulle part

2. par terre – mettez – pliez – montez-les – descendez-les.

3. sur les étagères – dans – à l'intérieur – sous la lucarne – au-dessus

4. **Au premier plan, du haut** de la cathédrale Notre-Dame un couple regarde Paris. **En bas, sous leurs yeux** s'étend la ville. **Au fond** on voit la tour Eiffel. **Au centre**, le pont Saint-Michel relie le boulevard du Palais à la place saint-Michel.

fiche 2 Mouvement
page 52

◎ Découvrez le fonctionnement de la langue

1. a. arrêter – b. tourner à gauche – c. Vous ne pouvez pas vous garer – d. ralentir – e. Vous ne pouvez pas doubler.

2. (doubler / dépasser) – (s'arrêter / se garer) – (tourner / virer) – (atteindre / arriver à)

3. (tourner / aller tout droit) – (avancer / reculer) – (arriver / quitter) – (s'arrêter / continuer) – (descendre / monter)

⫽ Exercez-vous

1. Vous prenez... Puis vous tournez... Vous passez... Vous allez... Vous atteignez... Vous allez... Vous tournez... Vous arrivez...

2. 1. se déplaçaient – 2. partez – 3. approchons – 4. reculer – 5. Arrêtez-vous – 6. doubler – 7. revenez – 8. reculant – 9. quitté – 10. rejoindre

3. Exemple d'itinéraire : En sortant de l'immeuble, traverser la rue Saint-Antoine, prendre la rue de Sévigné. Tourner dans la troisième rue à droite. Continuer tout droit environ 200 à 250 mètres. Vous arrivez sur la place des Vosges. Longer la place, à l'angle tourner à droite jusqu'au n° 6.

Chapitre 6
Situer dans le temps (1)

fiche 1 Durée, fréquence, continuité *page 58*

Découvrez le fonctionnement de la langue

1. oui – 2. Texte 1 : chaque année ; deux fois par an – Texte 3 : chaque jour ; trois fois par semaine ; sept heures par nuit ; chaque jour – 3. non – 4. oui – 5. oui

Exercez-vous

1. Exercice de production libre

2. 1. À 80 ans, André fait encore de la bicyclette.
2. Le chômage a arrêté de progresser depuis deux mois.
3. J'ai cessé d'aller au théâtre depuis cinq ans.
4. Marielle travaille toujours à la Croix-Rouge.
5. Je fais toujours du tir à l'arc.
6. Je ne fais plus de patin à glace.
7. Marc ne peint plus.

3. 1. Vous habitez toujours à la campagne.
2. Je suis encore fatigué.
3. Vous êtes souvent invité chez le patron ?
4. Vous allez toujours à Londres chaque mois ?
5. Anne fait rarement les courses dans un supermarché.
6. Il n'y a jamais personne pour vous renseigner.

4. 1. un mois – 2. 2001 / 2004 – 3. longtemps – 4. l'hiver – 5. deux jours.

fiche 2 Éloignement, proximité dans le passé *page 61*

Découvrez le fonctionnement de la langue

1. J'ai rencontré Jean il y a une heure.
2. Il arrivait après avoir fait 400 kilomètres.
3. autrefois : avant / il y a longtemps – récemment : il y a peu de temps

Exercez-vous

1. 1. impossible – 2. Je viens de voir Jacques il y a cinq minutes. – 3. Impossible – 4. Je viens de perdre mon travail. – 5. Marta vient d'avoir un bébé. – 6. Impossible – 7. Impossible.

2. 1. Kevin est arrivé en France en 1999.
2. Maria vient de raconter une histoire drôle.
3. Je viens de terminer ce livre à l'instant.

4. Nous venons d'acheter cette maison.
5. Anne est allée au Vietnam le mois dernier.
6. Il y a vingt ans, le maire a fait construire...

3. 1. ... il venait d'avoir 18 ans... il était très sympathique. Moi, je venais de rentrer du Mexique, je cherchais du travail.
2. Il y avait beaucoup de monde sur la place, un concert venait de se terminer et tout le monde attendait la suite du spectacle mais tout était fini.

4. 1. juste – 2. il y a peu de temps – 3. Il y a longtemps – 4. Autrefois – 5. il y a peu de temps – 6. il y a longtemps – 7. juste – 8. récemment

5. 2. Autrefois, il n'y avait pas de chômage.
3. Je viens de voir un film très bien.
4. Vous avez acheté votre première voiture, il y a très longtemps.
5. Il y a 15 ans nous sortions tous les soirs.
6. Marine vient d'avoir 15 ans.
7. J'ai déjeuné avec Pierre très récemment.
8. Il y a quarante ans, nous avons passé deux semaines à Athènes.

fiche 3 Déroulement et simultanéité, antériorité, postériorité *page 64*

Découvrez le fonctionnement de la langue

1. faux – 2. faux – 3. vrai – 4. faux – 5. vrai – 6. vrai – 7. faux – 8. vrai – 9. vrai – 10. faux – 11. vrai.

Exercez-vous

1. après – Ensuite – avant de – Puis – plus tard – après

2. 1. On fait les courses après on déjeune.
2. On trouve un hôtel ensuite on va dîner.
3. Je terminerai ce dossier après je partirai en vacances.
4. Il a regardé la télévision puis il est allé se coucher.
5. Après que les Français ont voté ils ont eu un nouveau président.

3. 1. Avant de brancher l'appareil, lisez la notice.
2. Tu passes ton permis avant de conduire.
3. Il a bouché les trous avant de mettre du papier peint.
4. Avant que tu plantes les fleurs, le jardinier doit retourner la terre.
5. Avant d'acheter une voiture, renseignez-vous sur les prix.

4. 1. J'ai acheté un roman policier avant d'aller à la plage.
2. Après avoir invité Marc et Ève à dîner, ils m'ont présenté leurs parents.
3. Après être partie en vacances, tout allait bien.
4. Après être allée chercher les enfants à l'école, j'ai téléphoné à Jeanne.
5. Avant que Basile téléphone au médecin, tu passeras à la pharmacie.

5. 1. non – 2. non – 3. non – 4. oui – 5. non – 6. non – 7. oui – 8. oui – 9. non – 10. oui

6. 1. était – 2. aurez compris – 3. tournez – 4. venez –

5. avoir terminé – 6. avez démissionné – 7. trouver –
8. tu auras – 9. traversais – 10. avais publié

7. 1. Quand il jouait au football, il maigrissait.
2. Avant j'arrivais au travail en chantant.
3. Elle s'est foulée la cheville en faisant du jogging.
4. Après qu'il a rattrapé son retard, nous sommes allés au cinéma.
5. Avant qu'il ne rencontre une amie, il travaillait le soir.
6. Je veux comprendre mieux; après j'utiliserai le dictionnaire.
7. J'ai appris du vocabulaire en regardant la télévision en français.

Chapitre 7
Situer dans le temps (2)

fiche 1 Récit et discours   *page 70*

@ Découvrez le fonctionnement de la langue

1. 2. le lendemain – 3. huit jours plus tard – 4. le mois suivant – 5. deux mois plus tard – 6. huit jours après

2. 1. la veille – 2. l'avant-veille – 3. huit jours plus tôt – 4. dans deux semaines

Exercez-vous

1. Dernier – après – lendemain – plus tard – après

2. 1. La veille j'avais acheté des plantes exotiques.
2. Le surlendemain nous irons à la plage.
3. Avant-hier j'ai acheté une moto.
4. Dans un mois, ce sera l'été.
5. Deux jours plus tôt, il y avait un cirque.

3. 1. Il y a une semaine nous sommes allés à Rome.
2. Hier, j'ai travaillé dix heures.
3. Demain, j'irai voir mon cousin.
4. Après-demain, je serai à Montréal.
5. Avant-hier, il y a eu un cambriolage.
6. Il y a deux semaines vous aviez une place.

4. Suzy est arrivée à Mexico le 8 janvier. **Deux jours plus tard** elle est partie pour Oaxaca. **Dix jours après** les fouilles sur le site archéologique ont commencé. **Après dix jours**, le week-end du 30 janvier, Suzy s'est reposée **pendant deux jours** à San Angel. **Deux jours plus tard**, les fouilles ont repris. **Le lendemain**, elle a découvert une statue. **Le surlendemain**, son ami Marc est arrivé. **Douze jours plus tard**, les fouilles étaient finies. Elle est rentrée à Paris **le jour même** de la fin des fouilles: le 15 février.

5. 1C – 2F – 3A – 4D – 5B – 6E

fiche 2 Récit et passé simple   *page 74*

@ Découvrez le fonctionnement de la langue

Texte 1
1. Le matin à neuf heures

2. 1. Elle est partie travailler – 2. Elle s'est sentie très mal – 3. Elle a appelé Roman – 4. Elle est revenue à la maison avec Roman qui est venu la chercher.
3. Plus-que-parfait
4. a. « Elle était paniquée. »
b. Elle chercha sa montre.

Texte 2
5. Imparfait: étaient – allait – semblaient – lisait
Passé simple: commencèrent – s'arrêtèrent – sortit – mirent

Texte 3
6. 1: A – 2: D – 3: F – 4: G – 5: E – 6: C – 7: B

Exercez-vous

1. arriva – descendit – était installé – sortit – s'arrêta – était – déjeuna – fit – laissa – restait

2. tomba – faisait – s'avança – s'approcha – vit – fit – retourna – était – dirigea – l'immobilisa – pensa – c'était – retourna – vit – avait.

3. 1: C – 2: A – 3: E – 4:G – 5: B – 6: D – 7:F – 8: J – 9: H – 10: I

fiche 3 Futur   *page 78*

@ Découvrez le fonctionnement de la langue

1. oui – 2. apprendre ce métier – 3. dans 15 ans / non –
4. oui – 5. gagner au loto – 6. oui – 7. aller au restaurant –
8. rencontrer Loïc – 9. la réalisation du dossier –
10. Il dit: « Je te jure que je ferai tout pour t'aider. » –
11. Elle dit: « J'affirme que j'aurai trouvé une solution avant samedi » – 12. non / oui

Exercez-vous

1. 1F – 2D – 3G – 4B – 5A – 6C – 7E

2. 1. j'aurai préparé – 2. tu auras trouvé – 3. vous aurez eu – 4. recevrez – 5. aurez quitté Rome. – 6. aurez réalisé – 7. j'aurai changé – 8. aurez pris – 9. serez arrivés – 10. seront finies

3. 1. seriez – 2. serez installés – 3. auras déjeuné –
4. arriverait – 5. serai – 6. fasses – 7. appellera –
8. aurez accepté – 9. recevrez – 10. passera

4. Exemple de production:
Demain, j'irai à Paris. Quand j'aurai trouvé un billet d'avion pour Bordeaux, je pourrai rencontrer mes amis Jo et Anna. Nous visiterons un vignoble et avant d'aller à la plage s'il fait beau, nous ferons une excursion dans les Landes. Enfin, nous irons voir un cousin à Biarritz et après cela nous rentrerons à Paris.

5. 1. aurait fini – 2. aurais su – 3. aurez lu – 4. auriez dû –
5. aurons envoyé – 6. aurai acheté – 7. seront finis –
8. aurez fait

Chapitre 8
Relations logiques (1)

fiche 1 Connecteurs qui structurent le discours
page 84

Découvrez le fonctionnement de la langue

Phrase 1. tout d'abord – ensuite – après – enfin
Phrase 2. d'abord – puis – finalement
Phrase 3. en outre – mais en plus
Phrase 4. oui
Phrase 5. en un mot
Phrases 6 et 7. autrement dit – c'est-à-dire
Phrases 8 et 9. soit / soit – ou / ou
Phrase 10. ni / ni
Phrases 11, 12 et 13. sauf – à part – excepté

Exercez-vous

1. 1. sauf – 2. c'est-à-dire – 3. ni / ni – 4. autrement dit – 5. soit / soit – 6. ou / ou – 7. soit / soit – 8. ni / ni – 9. autrement dit – 10. c'est-à-dire

2. 1K – 2E – 3A – 4B – 5G – 6C – 7F – 8D – 9J – 10I – 11H

3. d'abord – mais – juste après – autrement dit – Ensuite – ni… ni – enfin – puis – non seulement – finalement – à part

4. 1. c'est l'homme parfait
2. il a obtenu tous les diplômes les plus importants dans cette discipline.
3. je ne suis pas disponible.
4. vous le ferez tout seul.
5. extrêmement difficile à résoudre.
6. soyez prudent.
7. qu'il étudie les plantes.
8. je ne pourrai pas venir.

fiche 2 Cause et conséquence
page 88

Découvrez le fonctionnement de la langue

Phrase 1
cause : l'orage
conséquence : arbres cassés
connecteur devant la cause – à cause de

Phrase 2
cause : la grève
conséquence : les trains sont retardés
connecteur devant la cause – en raison de

Phrase 3
cause : un incident
conséquence : oublié de faire les courses
connecteur devant la cause – à la suite de

Phrase 4
cause : cette histoire
conséquence : oublié de faire les courses
connecteur devant la cause – avec (+ nom)

Phrase 5
cause : sans essence
conséquence : la voiture ne marche pas
connecteur devant la cause – sans (+ nom)

Phrase 6
cause : pas de pluie depuis trois mois
conséquence : problème de distribution d'eau
connecteur devant la cause – comme

Phrase 7
cause : aller voir Alain
conséquence : apporter le livre
connecteur devant la cause – puisque

Phrase 8
cause : j'ai terminé ce livre
conséquence : je suis contente
connecteur devant la cause – parce que

Phrase 9
cause : Jacques change d'avis
conséquence : je suis en colère
connecteur devant la cause – d'autant plus que

Phrase 10
cause : Il y avait trois personnes
conséquence : la réunion n'a pas eu lieu
connecteur devant la conséquence – alors

Phrase 11
cause : ouragan
conséquence : ma maison a été détruite
connecteur devant la conséquence – si bien que

Phrase 12
cause : fatigue
conséquence : n'arrive plus à parler
connecteur devant la conséquence – tellement que

Phrase 13
cause : le vent s'est levé
conséquence : nous n'avons pas pris le bateau
connecteur devant la conséquence – donc

Phrase 14
cause : gentille
conséquence : ils la prennent pour une idiote
connecteur devant la conséquence – si… que

Exercez-vous

1. 1. donc – 2. si… que – 3. alors – 4. si bien qu' – 5. aussi – 6. alors – 7. parce que – 8. comme

2. 1E – 2C – 3F – 4B – 5D – 6A

3. 1. sans – 2. en raison d' – 3. si bien que – 4. à cause de – 5. comme – 6. parce que – 7. sans – 8. de telle sorte que

4. Exemple de production :
a. un type si intelligent / plus intelligent que ce que beaucoup de personnes brillantes disent de plus pertinent.
Sa maison était si belle que ses voisins faisaient un détour pour pouvoir passer devant et l'admirer.
Il était si drôle… que les gens se roulaient par terre de rire.
Il était si fort qu'il ne pleurait jamais. Et son histoire méritait tant d'être racontée que je m'étonne que les gens partent avant la fin.

b. Cette toute petite région du sud de la France, la Camargue est si différente des autres qu'elle évoque un peu l'Afrique.
Les étendues d'eau douce sont si proches de la mer que la végétation ne correspond à aucun autre type de végétation en France. Cette région est si dépaysante qu'il faut au moins y séjourner une fois quelques jours au printemps.

@ **Découvrez le fonctionnement de la langue**

Phrase 1. oui – **Phrase 2.** oui / concession – **Phrases 3 et 4.** oui / oui – **Phrase 4.** oui – **Phrase 5.** faux, a le même sens – **Phrase 6.** non – **Phrase 7.** oui – **Phrase 8.** faux, a le même sens – **Phrase 9.** oui – **Phrase 10.** oui – **Phrase 11.** concession – **Phrase 12.** vrai

/ **Exercez-vous**

1. 1. pourtant – 2. mais – 3. mais – 4. quand même – 5. tandis que – 6. malgré – 7. pourtant – 8. or – 9. pourtant – 10. par contre

2. 1. bien qu' – 2. mais – 3. par contre – 4. même si – 5. quand même – 6. même s' – 7. et pourtant – 8. même si

3. 1A – 2F – 3G – 4B – 5H – 6C – 7D – 8E

4. 1. quand même – 2. pourtant – 3. même si – 4. bien que – 5. par contre – 6. cependant – 7. quand même – 8. toutefois – 9. et cependant – 10. mais

5. mais / toutefois / bien que / pourtant / en revanche / mais

Chapitre 9
Relations logiques (2)

fiche 1 Comparaison   *page 100*

@ **Découvrez le fonctionnement de la langue**

1. comme – 2. vrai – 3. se ressembler – 4. comme, même, être identique, se ressembler, aussi... que..., de la même façon, être pareil, autant, plus... que, moins... que – 5. non – 6. aussi vite que – 7. oui – 8. plus de... que / moins... que – 9. meilleur est le superlatif de bon

/ **Exercez-vous**

1. 1. pareilles – 2. ressemble – 3. autant – 4. de la même façon – 5. semblable – 6. différent – 7. plus – 8. comme – 9. ressemblez – 10. même – 11. pareilles – 12. comme – 13. mêmes

2. Exemples de propositions :
1. Une péniche c'est comme un bateau qui circule sur les fleuves et les canaux.
2. Un planeur, c'est différent d'un avion. C'est moins puissant et beaucoup plus petit.
3. Le rugby ce n'est pas pareil que le foot. Les joueurs sont plus nombreux qu'au football et le ballon est différent.
4. Un mulet c'est presque comme un âne, c'est tout aussi joli qu'un âne. C'est un croisement entre une ânesse et un cheval ou un âne et une jument.
5. La nouvelle, c'est un genre littéraire beaucoup plus court que le roman. Comme le roman, la nouvelle peut être de science-fiction...
6. Le pin et le sapin sont deux arbres presque tout à fait identiques. Leur sève est résineuse, ils ont des aiguilles. Leur bois blanc est très prisé en menuiserie.

7. Un verre ce n'est pas du tout comme une tasse. Une tasse a toujours une anse. On l'utilise pour boire le thé ou le café. On utilise un verre pour boire de l'eau ou du vin, autrement dit on boit des liquides différents dans une tasse ou dans un verre.

3. 1. Elle est très maigre.
2. Il est très pâle parce qu'il a eu un problème.
3. Il n'est pas efficace.
4. Il voit très bien.
5. J'ai très faim.
6. Elle dit toujours du mal des autres.
7. Il fait très chaud.
8. Il va très vite.

4. Exemples de proposition :
Les deux maisons ont la même superficie : 260 m².
Le terrain de la maison 1 est plus grand (12 ares) que celui de la maison 2 (5 ares).
La maison 1 est plus chère que la maison 2.

fiche 2 But   *page 104*

@ **Découvrez le fonctionnement de la langue**

1. Histoire d' – dans la perspective de – en vue d' – de crainte d' – avec l'intention de
2. le subjonctif présent
3. non
4. non
5. Phrase 5 : 2 personnes / Phrase 8 : 1 personne

/ **Exercez-vous**

1. 1G – 2B – 3A – 4C – 5E – 6F – 7D

2. 1. Dans la perspective d'un voyage d'étude, vous devez penser à réserver des chambres pour héberger les six partenaires de notre société.
2. Afin de régler ce problème entre deux amis, il faut vous parler franchement en tête-à-tête.
3. De crainte d'être mal compris, le ministre a présenté les perspectives de son nouveau programme dans une édition spéciale après le journal de 20 h 00.
4. Histoire de rire un peu, on lui a dit qu'on arrivait à quinze personnes dans sa maison de vacances.
5. De façon à éviter toute polémique, les députés ont précisé que la loi serait votée prochainement.
6. Afin que tu n'arrives pas en retard, je t'appellerai une heure avant le début du spectacle.
7. Si je travaille avant, c'est pour connaître parfaitement le sujet.

3. 1. J'ai acheté une voiture afin de pouvoir circuler plus librement entre Marseille et Arles.
2. Nous ferons une fête vendredi soir, histoire de fêter notre réconciliation.
3. Je ne favoriserai personne de crainte de ne pas me montrer équitable.
4. Je vous explique ce problème en détail afin que vous puissiez répondre aux questions.
5. Nous avons tout organisé de façon à ce qu'elle ne sache rien.

4. 1. Afin que – 2. en vue – 3. afin – 4. pour – 5. de manière à ce qu' – 6. dans le but – 7. Si..., c'est pour...

Découvrez le fonctionnement de la langue

Phrases 1 et 2. oui – Phrase 3. non – Phrase 4. oui – Phrase 5. oui – Phrase 6. non / présent – Phrase 7. oui – Phrase 8. non – Phrase 9. oui – Phrase 10. oui – Phrase 11. oui

Exercez-vous

1. 1D – 2A – 3F – 4B – 5C – 6E

2. Exemples de propositions :
1. S'il fait mauvais temps, nous ne pourrons pas faire d'excursion sur le lac.
2. Tu réussiras l'examen, à condition d'écouter le professeur.
3. Les gens seraient plus heureux à condition qu'il y ait moins de problèmes économiques.
4. En cas de grève des trains, nous ferions le voyage en avion.
5. Il y aura un nouvel élan pour le football français à condition d'une victoire de l'équipe de France en 2006.
6. Si tu faisais tes courses au supermarché, tu ferais des économies.
7. Tu prenais un charter, tu voyageais en Inde pas cher.
8. Sans publicité, le monde serait triste.

3. 1. à condition que – 2. si – 3. si – 4. à condition d' – 5. si – 6. à condition d' – 7. si – 8. à condition que

4. Exemples de production :
1. ... on n'aurait pas pu économiser.
2. ... je n'aurais pas obtenu ce poste.
3. ... tu arrivais à l'heure.
4. ... tu t'amuseras.
5. ... tu le reverras.
6. ... elle était disponible.
7. ... tu trouveras son dernier livre.
8. ... viens plus tôt.
9. ... j'aurais pu lui parler.
10. ... je ne l'aurais pas retrouvé.
11. ... prenez l'horaire des trains.
12. ... on y serait déjà.
13. ... on sera à Arles avant 14 heures.
14. ... ils s'en sortiront.

Chapitre 10
Discours et reprises

Découvrez le fonctionnement de la langue

1. *ce développement* reprend *de plus en plus de foyers sont équipés d'Internet.*
2. *cet usage* reprend *On s'en sert pour communiquer personnellement ou professionnellement.*

3. *ce besoin* reprend *les achats sur Internet augmentent sans arrêt.*
4. *ce sujet* reprend *Ce développement d'Internet.*
5. *ces pratiques* reprend *communiquer personnellement ou professionnellement, les achats sur Internet* et *L'explosion des jeux.*
6. *cette perspective* reprend *ces pratiques rapprochent plutôt qu'elles n'isolent.*

Exercez-vous

1. Mots à souligner :
1. sa disparition. – 2. Leur acte – 3. Cette perspective. – 4. son programme – 5. ces pratiques

2. 1. disparition – 2. actes. – 3. méthode – 4. perspective – 5. but – 6. exploit – 7. opération – 8. installation – 9. concept – 10. début.

3. 1. cette – 2. cet – 3. l' – 4. la – 5. sa – 6. la ou cette – 7. les – 8. ces – 9. ce – 10. Cette.

Découvrez le fonctionnement de la langue

Phrase 1 → relatif : à laquelle (la maison) –
Phrase 2 → relatif : dont (ce livre) –
Phrase 3 → relatif : ceux qui (les enfants de mes amis) –
Phrase 4 → interrogatif : laquelle (robes) –
Phrase 5 → personnel : lui (Jacques) –
Phrase 6 → relatif : où (la ville) –
Phrase 7 → relatif : auquel (problème) –
Phrase 8 → possessif : la tienne (ma veste) –
Phrase 9 → démonstratif : celui (amis) –
Phrase 10 → interrogatif : Quel (celui, amis) –
Phrase 11 → personnels : leur, eux (Pierre et Mireille) –
Phrase 12 → personnel : en (de la colle) –
Phrase 13 → relatif : dont (la voiture) –
Phrase 14 → relatif : ce dont (Claude ne viendra pas) –
Phrase 15 → indéfini : n'importe lequel (plat) –
Phrase 16 → personnel : en (étudiants) –
Phrase 17 → personnel : soi (tout le monde)

Exercez-vous

1. Texte 1 → relatifs : qui, auquel, qui / démonstratif : celui-ci – Phrase 2 → interrogatif : lequel –
Phrase 3 → relatif : pour lequel –
Phrase 4 → relatif : que –
Phrase 5 → démonstratif : celle-là –
Phrase 6 → possessif : les miennes.

2. 1. dont – 2. où – 3. auquel – 4. eux – 5. lui – 6. celle-ci – 7. la mienne – 8. dont – 9. Ce qui – 10. laquelle – 11. celle-ci – 12. soi

3. 1C – 2G – 3D – 4B – 5J – 6A – 7I – 8F – 9H – 10E

4. 1. en – 2. qui – 3. celle-là – 4. lequel – 5. laquelle – 6. le tien – 7. dont – 8. celui-ci / celui-là – 9. lesquels – 10. Ce dont.

Chapitre 11
Les types de textes

fiche 1 Texte descriptif / explicatif   page 122

Découvrez le fonctionnement des textes

1. un objet : texte 4 – un lieu : texte 1 – une scène : texte 2 – un phénomène scientifique : texte 5 – un fait de société : texte 3.

2. Texte 1 → présent : 3 fois, passif : 1 fois – Texte 2 → Passé composé : 3 fois, imparfait : 6 fois, plus-que-parfait : 1 fois – Texte 3 → présent : 7 fois – Texte 4 → présent : 4 fois, passé composé : 3 fois, futur : 1 fois – Texte 5 → présent : 6 fois

Texte 2
Récit : *Esther est revenue... Quand elle s'est approchée, Esther a entendu...*
Description : *La plupart des gens étaient partis mais, du côté des tilleuls, il y avait un groupe... Au milieu de la place, près de la fontaine, il y avait des femmes qui dansaient... en écoutant la musique.*

Texte 3
Par l'historique : *C'est à Toulouse... créé en 1982* jusqu'à la fin du texte *en 2001.*
Par ses actions : *Le projet est d'abord culturel* jusqu'à *à travers des activités socio-éducatives.*
Par son engagement : *Sous l'impulsion du groupe Zebda...* jusqu'à *au disque collectif* Motivés *en 2001.*

Texte 5
C'est la description d'un phénomène scientifique.

Exercez-vous

1. 1. Assistée par une solide équipe de collaborateurs, Marie a tout pour réussir.
   2. Consacré à Hawaï, le cent unième numéro du *Guide* est remarquablement conçu.
   3. Fatiguée par une longue journée de travail, je compte passer une soirée tranquille.
   4. Vivant près de la frontière suisse où..., je souhaiterais savoir s'il est d'aussi bonne qualité que le chocolat français.
   5. Situées près de Marseille, les calanques ont un attrait touristique indéniable.
   6. Voyant que tu n'étais pas d'accord, j'ai modifié le texte.
   7. Contente d'être arrivée, je t'envoie un petit bonjour.

2. ① j'étais – il y avait – couraient – en riant – ils s'interpellaient – connaissais – me sentais – souriait – avait – s'est approché – tout est devenu – je me suis réveillé.
   ② est – rapportée – est cultivée – considérée – cultive – varie – consomme – contient.

3. 1C – 2E – 3A – 4D – 5B

4. Exemple de production
   Les jeunes entrent de plus en plus tard dans la vie active pour des raisons opposées.

La première est que le niveau d'études exigé pour parvenir à un poste intéressant est aujourd'hui plus élevé qu'il y a 20 ou 30 ans.

La deuxième raison est que les jeunes (18-30 ans) restent la catégorie la plus touchée par le chômage du fait de la précarité des emplois proposés et parce que les entreprises ne leur font pas confiance.

Pour mettre fin à ce problème de l'entrée de plus en plus tardive des jeunes dans la vie active dans des conditions correctes, c'est tout le système de formation français qu'il faudrait revoir. Nous n'y parviendrons que difficilement si les mentalités ne changent pas.

fiche 2 Texte narratif   page 127

Découvrez le fonctionnement de la langue

1. Texte 1 → imparfait : 1 fois, plus-que-parfait : 1 fois, passé simple : 2 fois – Texte 2 → présent : 1 fois, imparfait : 2 fois, plus-que-parfait : 4 fois, passé simple : 3 fois – Texte 3 → imparfait : 11 fois, passé composé : 4 fois, plus-que-parfait : 4 fois – Texte 4 → passé simple : 7 fois – Texte 5 → présent : 8 fois, imparfait : 1 fois, passé composé : 1 fois, plus-que-parfait : 1 fois.

Texte 1
Une action : je retournai dans le hall
Un état : il était couvert de coups de soleil

Texte 2
1. Les verbes qui indiquent une action : aperçut – dit – descendit
2. passé simple

Texte 3
1. Plus-que-parfait et imparfait
2. Plus-que-parfait
3. Imparfait

Texte 4
1. Passé simple
2. L'antériorité

Texte 5
1. Présent
2. L'antériorité par rapport au récit au présent.

Exercez-vous

1. ① suis arrivé – venais – me suis installé – suis sorti – faisait – marchaient – suis demandé – avais choisi – avais – ai choisi
   ② ai vu – a dit – avait trouvé – était – avons pris – a raconté – avait fait – a trouvé – avons passé

2. pendant – il y a – Alors – au début – puis – à l'époque – à partir – maintenant

3. Ce jour-là – un peu plus tôt – avant – Aussitôt – pour – ensuite

4. Je suis rentré dans un bar pour prendre un café, j'avais chaud, j'étais fatigué, j'ai rencontré Jean, on s'est mis à discuter. Il m'a raconté son travail, moi je lui ai raconté mes derniers voyages. Tout à coup, Mario est arrivé,

incroyable, je ne l'avais pas vu depuis 10 ans, et là on a fait la fête.

5. Proposition de production

① Cet été j'ai voyagé en Italie avec trois amis. Nous sommes allés à Venise et Florence. Nous avons visité beaucoup de musées mais nous avons également beaucoup marché dans les rues de ces deux villes : dans les *calle* vénitiennes et le long de l'Arno à Florence. L'ambiance était très bonne, le temps superbe. Sur les places, nous avions l'habitude de nous installer aux merveilleuses terrasses des cafés pour boire un cappuccino ou un café. J'ai pratiqué l'italien avec beaucoup de gens et j'étais très heureux de pouvoir parler ainsi.

② Hier soir je suis allé à un concert de musique salsa à la maison de l'Amérique latine. La musique était super, il y avait un vieux chanteur cubain au talent inestimable. J'avais l'impression d'être à La Havane. Le concert nous a tellement mis en forme qu'après nous sommes allés faire la fête chez des amis.

③ Le week-end dernier j'étais à Genève pour le marathon. J'étais arrivé la veille. J'ai passé une soirée calme, je me suis levé à six heures en même temps que les trois cents autres concurrents. J'ai pris un petit déjeuner assez énergétique. Le départ de la course a eu lieu à neuf heures. Le temps était gris et froid mais l'ambiance très cordiale. Pour moi, la fin du parcours a été extrêmement difficile, je n'en pouvais plus. Même si j'ai terminé 270e, j'étais content d'arriver.

fiche 3 Texte argumentatif *page 132*

◎ Découvrez le fonctionnement de la langue

Texte 1

L'opposition : mais – La conséquence : en effet – La cause : car – L'ajout d'un argument : et en plus

Texte 2

a. Thème : l'interdiction du tabac dans les lieux publics
b. Opinion : cette interdiction fonctionne déjà de façon satisfaisante
c. Argument 1 : cela fonctionne en Angleterre et en Italie
d. Argument 2 : les effets désastreux du tabac sur la santé
e. Contre-argument 1 : concitoyens peu disciplinés
f. Contre-argument 2 : la fréquentation des restaurants et des cafés pourrait diminuer
g. Proposition : une mesure intermédiaire

Texte 3

a. Partie descriptive : *Le football est financé à 50 %* jusqu'à *devenue prépondérante.*
Partie argumentative : *On peut se demander s'il faut plafonner les salaires* jusqu'à *atteindre des sommes astronomiques.*
b. Les revenus de David Beckham.
c. Position 1 : pour un plafonnement des salaires. Comparaison faite entre les revenus des footballeurs et celui des salariés au salaire minimum.
Position 2 : défense des salaires actuels car carrière limitée dans le temps et fortes contraintes durant leur carrière.

⌒ Exercez-vous

1. 1. Pour → parce qu'on respire mieux. On peut prendre le métro, l'autobus, le tramway ou une bicyclette.
Contre → plus agréable d'être dans sa voiture pour se déplacer que dans les transports en commun.
2. Pour → Propice au développement durable et aux économies d'énergie
Contre → Les équipements valent chers et les régions du nord de la France sont défavorisées du point de vue de l'ensoleillement.
3. Pour → car la réussite à cet examen n'a jamais été ni une preuve d'intelligence ni la garantie d'une capacité d'adaptation au monde professionnel.
Contre → L'obtention du baccalauréat reste le passage obligé pour s'inscrire à l'université.
4. Pour → Actuellement le salaire minimum ne permet pas aux bénéficiaires de vivre décemment.
Contre → Cela risquerait de maintenir les bénéficiaires dans la précarité sans qu'ils essaient de trouver un emploi rémunéré.

2. a. Extrait 1 → pour l'interdiction de fumer, problème : interdire sans apporter de l'aide aux fumeurs.
Extrait 2 → contre l'interdiction de fumer, argument : on fait culpabiliser les fumeurs (*montrer les fumeurs comme des parias*).
Extrait 3 → ni pour ni contre, solution : aménager des cafés fumeurs, non-fumeurs et mixtes et *chacun choisit.*
Extrait 4 → pour l'interdiction, argument : défendre la liberté du non-fumeur, problème : les fumeurs sont montrés comme des « personnages cools ».
Extrait 5 → pour l'interdiction, arguments : il est désagréable de travailler et de manger dans les lieux enfumés.
b. Extrait 1 : Il me semble cependant – En effet
Extrait 2 : Pour ma part – mais – mais – parce qu'ils – mais – d'un côté... de l'autre
Extrait 3 : Si oui – Que je sache – donc – donc
Extrait 4 : Je me demande pourquoi – alors
Extrait 5 : Et – même si – encore pire – Et c'est encore plus – alors quand – Mais – En plus
c. Je suis pour l'interdiction du droit de fumer dans les lieux publics tant que ne seront pas aménagés des espaces mixtes. Un côté fumeur, un côté non-fumeur. L'odeur du tabac me dérange.

Chapitre 12
Caractéristiques de l'oral

fiche 1 Les liaisons *page 140*

◎ Découvrez le fonctionnement de la langue

1. 1. Vous avez – 2. Il est – 3. Il est – 4. On y va ? –
5. Vous êtes – 6. Ils arrivent – 7. elles ont –
8. aucune liaison entre un pronom et un verbe. –
9. on a – 10. Elle a – 11. nous aurons.

2. [t] → phrases 2 et 3 : peut-être – phrase 8 : Quand il – phrase 10 : huit amis

[z] → phrase 1: vous avez deux enfants – phrase 4: Allez-y – phrase 5: Vous êtes – phrase 6: Ils arrivent – phrase 7: elles ont – phrase 9: Sans amour – phrase 10: deux amants – phrase 11: Dans un an, nous aurons

[n] → phrase 4: On y va – phrase 5: un étudiant – phrase 9: on a – phrase 11: un an

[k] → phrase 10: cinq enfants

3. Non, la liaison n'est pas obligatoire.

4. Non

∥ Exercez-vous

1.
1. Quand_il est arrivé, tout le monde s'est tu.
2. Un_ami de Charles m'a donné un_anorak.
3. Plusieurs_étudiants sont_absents.
4. Nous_allons arriver à neuf_heures.
5. Ces_anciens bâtiments vont_être détruits.
6. Ils_ont amené une_amie.
7. Ne lisez pas mot_à mot.
8. Sans_aide, vous n'y arriverez pas.
9. Chez_elle, tout_est simple.
10. Sous_un_abri bus, j'ai vu une publicité géniale.

2.
1. J'ai deux_amours.
2. Vous_êtes bien le cousin de Marion ?
3. Quand_on_est riche tout_est facile.
4. Nous_avons acheté une maison.
5. Ils_ont tout_accepté.
6. J'ai fait de grands_efforts.
7. On_y va ?
8. Que prend-on ?
9. Vous, vous_assurez !
10. Cet_enfant est malade.

3.
1. Vous haïssez Paulo à ce point ? → 0
2. Vous_aimez l'opéra ? → 1
3. Il prend un taxi et il_arrive. → 1
4. Vous_êtes très_aimable. → 2
5. Bien_entendu, nous_aurons le plaisir de nous revoir. → 2
6. J'ai tout_entendu ! → 1
7. Les_amis espagnols de Jane sont_aussi professeurs. → 2
8. Vous pourriez avoir vu cet_homme. → 1
9. J'adore les_iris. → 1
10. Tu resteras à déjeuner ? → 0
11. C'est tout_à fait idiot. → 1
12. C'est mon héros ! → 0

4.
1. Je vais essayer (facultative) d'arriver à l'heure.
2. Tout_est (obligatoire) bon.
3. Les_enfants (obligatoire), à table.
4. Allez-y (obligatoire).
5. Il commençait à (facultative) s'impatienter.
6. Ces_oiseaux (obligatoire) viennent d'Afrique.
7. Ils sont invités (facultative) à une soirée.
8. Tu pourrais être plus_aimable (obligatoire).

5. Le caractère *arobase* est_un caractère très présent dans notre_environnement et très_actuel : on ne peut ouvrir une revue sans_avoir_affaire à ce caractère. Pourquoi s'appelle-t-il_ainsi ? D'où vient-il ?

Venu du latin, il_existe depuis le Moyen-Âge et il_est_utilisé ensuite dans le courrier diplomatique. Plus tard, l'arobase est_employé dans le commerce pour_indiquer le prix d'un produit. C'est pourquoi il_a été introduit dans les claviers des machines à écrire dès 1885, puis dans les claviers informatiques quatre-vingts_ans plus tard.

fiche 2 Les particularités de la langue parlée *page 144*

◎ Découvrez le fonctionnement de la langue

1. Dialogue 1 : n'est-ce pas ? – Dialogue 2 : tu trouves pas ? – Dialogue 3 : tu vois ce que je veux dire ?
2. Ben… – Euh… attends – Ben non, pas vraiment.
3. Mais non, pas du tout… – Sûrement pas !
4. Tu trouves pas → suppression du *ne* – t'es libre ? → élision du *u* de *tu* – *i* à la place de *il* – *et pis* à la place de *et puis*.
5. *Y'a* – **6.** oui – **7.** *Tu vois* – *là* – **8.** oui
9. Qui est à l'appareil ? – Ne quittez pas. – C'est de la part de qui ? – Un instant, s'il vous plaît. – Veuillez patienter.

∥ Exercez-vous

1.
1. – Et ben, tu vois, je lui ai tout expliqué et y'a rien à faire, i comprend rien, je peux pas faire plus !
2. – Y'a pas, t'es vraiment un imbécile, faire des efforts, ça, tu comprendras jamais.
3. – Cette fille, tu peux rien lui expliquer.
4. – Alors ici, i se passe rien.
5. – T'appuies sur le bouton et pis t'attends une minute et ça marche !
6. – Je veux absolument rien.

2.
1. Tu es complètement idiot !
2. J'ai dit à mes enfants qu'il fallait travailler.
3. – Il va à la fac mais il ne fait rien.
– Ça n'est pas grave. Il n'y a pas de quoi s'affoler.
4. – Tu viens au restaurant avec moi ?
– Oui, on va voir.
5. Il ne faut pas exagérer avec le sport.
6. Les personnes âgées sont souvent malheureuses.
7. J'ai dit à la professeur qu'elle nous donne trop de travail.

3.
1. Ton amie, je suis sûre qu'elle va me plaire.
2. Le football, il n'y a que ça dans sa vie.
3. Du bonheur et des problèmes, on a que ça avec les enfants.
4. Pour cette étudiante, j'ai tout fait et elle n'a rien compris.
5. Moi, c'est à la campagne que j'aimerais vivre.

4.
1. Je ne veux pas acheter de vêtements ici. Tu as vu comme c'est cher !
2. Vous allez rentrer dans votre pays. Et nous vous regretterons.
3. Explique tout à ton mari. Moi, à ta place je ferai ça.
4. Rien ne vaut une véritable et longue amitié. Croyez-moi.

5. Tu sais où se trouve Charles. Et ça j'en suis sûr.

5. 1. Patientez un instant – 2. De la part de qui, s'il vous plaît ? / Ne quittez pas – 3. Un instant – 4. – Excusez-moi / épeler.

fiche 3 La langue familière
page 150

Découvrez le fonctionnement de la langue

1. a. non – b. *N'importe quoi, tu délires !* – c. « Tu dis n'importe quoi »

2. « partir »

3. « Je suis très inquiet. »

4. a. *J'ai le moral à zéro.* – b. *C'est pas la fin du monde.* – c. oui – d. oui

5. a. « tu protestes » – b. un « homme » – c. un « copain » – d. oui – e. *Y'a pas de quoi en faire un plat.*

6. *Non, sans blague ! Et ben, c'est vraiment la meilleure de la journée.*

7. *vilci – keums.* Ils sont construits à l'envers.

Exercez-vous

1. Marques de l'oralité : t'es, tu m'laisses, tu m'vois, ça m'amuse pas, tu t'tais
Expressions familières : pote, tu ramènes pas ta gueule, magouiller

2. Ma sœur, avec sa **caisse** (voiture) de **bourge** (bourgeoise), fait crisser les pneus sur le parking du *Milton*, les visages se retournent, elle me dit : « Je vais me faire **engueuler** (disputer) par **Jojo** (Georges), ça les abîme… »
Elle rit. […]
« Qu'est-ce qui **ne tourne pas rond** (ne va pas) ? »
Alors moi, je lui raconte. Mais sans trop y croire parce que ma sœur est **assez nulle** (incompétente) comme conseillère psychologique.
Je lui dis que mon cœur est comme un grand sac vide, le sac, il est **costaud** (très solide), y pourrait contenir un **souk** (bazar) pas possible et pourtant, y'a rien dedans.

3. 1. Marielle a divorcé pour la 5ᵉ fois, j'en reviens pas.
2. J'ai raté mon examen, j'ai vraiment le moral à zéro.
3. D'accord, j'ai une heure de retard, n'en fais pas tout un plat.
4. Georges ne s'inquiète jamais, il est vraiment cool.
5. Je ne fais que travailler et j'ai jamais de fric, j'en ai ras le bol.
6. Mario est désagréable, il râle tout le temps.
7. J'ai passé la soirée avec Gilles, c'était sympa : c'est un vrai pote.

4. 1. standard – 2. familier – 3. standard – 4. familier – 5. standard – 6. familier – 7. standard – 8. familier – 9. familier – 10. standard – 11. familier – 12. familier – 13. standard – 14. standard.

Chapitre 12
Caractéristiques de l'oral

Achevé d'imprimer en France par Dupliprint à Domont (95) en novembre 2018 – Dépôt légal : 6115/07
N° d'impression : 2018103959